Este livro pertence ao selo **Feéria clássica**, segmento da coleção Feéria que reúne as obras contemporâneas ao célebre escritor J.R.R. Tolkien. Muitas dessas histórias inspiraram o autor e ajudaram a consolidar a fantasia como gênero literário. Como editora de J.R.R. Tolkien, a HarperCollins Brasil busca com este trabalho apresentar títulos fundamentais para o desenvolvimento de sua obra e da fantasia como um todo. Boa leitura!

Ilustrações de
Carlos Castilho e Sidney Sime

O Livro das Maravilhas

Lord Dunsany

Tradução de
Gabriel Oliva Brum

RIO DE JANEIRO, 2024

Título original: *The Book of Wonder*
Todos os direitos reservados à HarperCollins Brasil.
Copyright da tradução © Casa dos Livros Editora LTDA., 2023
Ilustrações © Casa dos Livros Editora LTDA., 2023

Os pontos de vista desta obra são de responsabilidade de seus autores, não refletindo necessariamente a posição da HarperCollins Brasil, da HarperCollins *Publishers* ou de suas equipes editoriais.

Publisher	*Samuel Coto*
Editora	*Brunna Prado*
Produtor gráfico	*Lúcio Nöthlich Pimentel*
Preparação de texto	*Leonardo Dantas do Carmo*
Revisão	*Wladimir Oliveira e Camila Reis*
Projeto gráfico e capa	*Alexandre Azevedo*
Diagramação	*Sonia Peticov*

Dados Internacionais de Catalogação na Publicação (CIP)
(BENITEZ Catalogação Ass. Editorial, MS, Brasil)

D94L   Dunsany, Lord, 1878-1957
1. ed.   O livro das maravilhas / Lord Dunsany; tradução Gabriel Oliva Brum; ilustração Carlos Castilho. – 1. ed. – Rio de Janeiro: Harper Collins Brasil, 2024.
192 p.; il.; 13,5 × 20,5 cm.

Título original: *The book of wonder.*
ISBN: 978-65-60051-97-3 (capa dura)

1. Ficção irlandesa. I. Brum, Gabriel Oliva. II. Castilho, Carlos. III. Título.

01-2024/40   Ir823

Índice para catálogo sistemático:
1. Ficção: Literatura irlandesa 823

Bibliotecária: Aline Graziele Benitez CRB-1/3129

HarperCollins Brasil é uma marca licenciada à Casa dos Livros Editora LTDA.
Todos os direitos reservados à Casa dos Livros Editora LTDA.
Rua da Quitanda, 86, sala 601-A — Centro
Rio de Janeiro — RJ — CEP 20091-005
Tel.: (21) 3175-1030
www.harpercollins.com.br

⚛ Sumário ⚛

Nota de edição. 7

As maravilhas do mestre dos contos de fantasia 9

Prólogo 19

A Noiva do Cavalomem 21

O Angustiante Conto de Thangobrind,
o Joalheiro 33

A Casa da Esfinge 43

A Provável Aventura dos Três Literatos 51

As Preces Imprudentes de Pombo, o Idólatra. . 61

O Saque de Bombasharna 71

A Srta. Cubbidge e o Dragão do Romance . . . 83

A Demanda das Lágrimas da Rainha. 91

O Tesouro dos Gibbelins. 103

Como Nuth Teria Praticado sua Arte
contra os Gnoles 113

Como Alguém Chegou, Como Fora
Previsto, à Cidade do Nunca. 125

A Coroação do Sr. Thomas Shap 137

Chu-bu e Sheemish 149

A Janela Maravilhosa 159

Epílogo 171

Ilustrações da edição original 172

Nota de edição

Publicado pela primeira vez em 1912, *O Livro das Maravilhas* é uma das obras mais influentes e originais da literatura fantástica. Contudo, o livro não existiria sem as ilustrações de Sidney Sime, um artista inglês que chegou a ser reconhecido como "o maior artista imaginativo desde William Blake" e que colaborou com Dunsany em várias de suas obras. Isso porque, diferente de outras parcerias entre os artistas, no caso de *O Livro das Maravilhas* foram as ilustrações de Sime que inspiraram a escrita da maior parte dos contos, e não o contrário.

Elegantes e delicados, os desenhos de Sime não são apenas a expressão da criatividade e imaginação do artista — capaz de criar imagens impressionantes e evocativas, que complementavam e ampliavam a visão de Dunsany —, mas parte essencial do processo criativo do autor e uma janela para o mundo fantástico por ele criado.

Nesta edição especial, a capa apresenta uma das ilustrações originais de Sime restaurada e colorida. Recortes de algumas dessas ilustrações também compõem as guardas. No miolo, contudo, como um convite para novas imersões e interpretações de *O Livro das Maravilhas*, optamos por apresentar, em cada conto, ilustrações originais do artista brasileiro Carlos Castilho.

Ainda assim, para que você possa apreciar a sintonia entre Lord Dunsany e Sidney Sime e conhecer como era a imaginação de um dos primeiros e mais importantes ilustradores de fantasia, apresentamos, no final do livro, as ilustrações completas da primeira edição, um verdadeiro tesouro para os fãs do gênero.

As maravilhas do mestre dos contos de fantasia

Segundo C.S. Lewis, suas histórias começam com imagens mentais. E quando elas ganham uma forma — seja em poesia ou prosa, romance ou conto — o "impulso do autor" se completa. Com *O Livro das Maravilhas*, do poeta e escritor anglo-irlandês Lord Dunsany, isso aconteceu concretamente e de forma tão inusitada quanto o desfecho de seus contos. O fato é que a maior parte deles surgiu com base em ilustrações de Sidney Sime, que já vinha trabalhando com ele desde seu primeiro livro, *The Gods of Pegāna* [Os deuses de Pegāna]. O mais curioso em *O Livro das Maravilhas* é que o processo ganhou justamente o caminho inverso na maior parte dos contos. Ao menos, como ponto de partida, é como se os escritos do autor fossem uma adaptação, uma leitura, ou ainda, uma tradução das ilustrações de Sime — quando, normalmente, estamos acostumados com o contrário. De certo modo, tomando a fórmula de Lewis (Impulso do autor = imagens em ebulição em sua mente + forma literária), é como se a gente conseguisse dissecá-la, revelando em palavras essas imagens em ebulição, as quais Lewis descreve em seu processo criativo. Um prato cheio — e fervente — para os estudiosos semióticos.

Em alguma medida, pode-se dizer que é por isso que ler esses contos consiste quase em uma experiência sinestésica, como ouvir imagens ou assistir a palavras. Em um primeiro momento, o leitor, como se estivesse diante de uma poesia, não deve se apegar tanto ao sentido, mas à forma dos contos de Dunsany e às sensações que eles lhe trazem. Em boa parte, como vimos, são desenhos do avesso, decodificados. A partir dessa experiência, vale uma — ou várias — releituras, nas quais o sentindo vai se misturando com a forma e sedimentando em nossa mente, como uma tela em branco que vai sendo preenchida por linhas, formas e cores.

J.R.R. Tolkien chegou a afirmar, em seu ensaio "Sobre estórias de fadas", que a fantasia cabe mais propriamente às palavras e não às imagens. Católico e, como tal, amante da Sagrada Escritura cristã, ele parecia levar consigo veementemente a máxima "No princípio, era o Verbo", embora nunca tenha declarado isso explicitamente. Afinal, ele chegou a afirmar que os nomes costumavam vir antes das histórias em suas narrativas, como ocorreu com *O Hobbit*.

Contudo, o autor de *O Senhor dos Anéis* parecia se preocupar mais a fundo com o *Logos*, de onde o Verbo (Palavra) se originara, e, com ele, o Conhecimento em sua gênese e mais pura potência. Para ele, as palavras davam mais espaço para delinearmos a nossa própria imagem mental — única e intransferível — daquilo que é descrito nas histórias de fantasia.

Todavia, vale lembrar que Tolkien, no mesmo ensaio, também associou a fantasia à imaginação, ou seja, à criação (ou, nos termos dele, *subcriação*) das nossas próprias imagens mentais. Além disso, ele mesmo fez muitas ilustrações de suas histórias sem que isso comprometesse o alcance imaginativo de sua arte literária. Tomando como exemplo a clássica imagem de capa e contracapa que ele criou para o lançamento de *O Hobbit*, em 1937, podemos notar que ela é bem mais sugestiva do que impositiva aos olhos do leitor. A visão panorâmica da paisagem, nos tons azuis, branco, verde e preto (ainda sem o vermelho que o autor tanto desejava), com as cadeias de montanhas nas laterais — uma sob o sol, outra sob a lua —, e Erebor ao centro, entre o dragão e as águias, não é o que poderíamos chamar de uma fotografia da Terra-média. Ainda temos inúmeras possibilidades de conceber o nosso próprio Smaug, há ainda infinitas montanhas solitárias na imaginação de cada um — sem que isso, necessariamente, contradiga os eventuais detalhes oferecidos pelo autor, com palavras ou imagens.

As ilustrações de Sime na edição original de *O Livro das Maravilhas* eram ainda mais instigantes. Propositalmente feéricas, elas desafiavam as possibilidades da imaginação, colocando o insólito nas cenas apresentadas, sem que elas tivessem uma total desconexão com a realidade primária.

É possível especular que desenhos de Sime, publicados no livro, em 1912, possam ter servido de inspiração para as imagens surrealistas, cujo movimento despontaria cerca de uma década mais tarde. Se os traços do artista têm um diálogo com vanguardas posteriores, é possível também encontrar neles marcas do passado. Usando a técnica renascentista *chiaroscuro* (do italiano, literalmente, "claro-escuro"), as luzes e as sombras de sua arte conduzem o olhar do observador diante da folha. De forma similar, as palavras de Dunsany vão nos guiando para o sombrio e o maravilhamento de suas narrativas. Suas palavras nos tiram, por exemplo, do escuro da caverna do jovem centauro Shepperalk, que sai galopando como que iluminado pela sua autoalforria de se perceber cavalomem. Ou, ainda, somos conduzidos pelo caráter dicotômico do ladrão-joalheiro Thangobrind que deve combater a imensa e sombria aranha em busca de uma cobiçada e brilhante joia para a filha do príncipe.

Aranhas gigantes, heróis míticos, pedras preciosas, saqueadores de tesouros, nobres donzelas, dentre outros, são temas recorrentes no legendário de Tolkien. Não por acaso, quando o escritor Clyde S. Kilby ofereceu-lhe sua assistência editorial para *O Silmarillion*, em 1966, uma das primeiras coisas que Tolkien fez foi entregar-lhe uma cópia de *O Livro das Maravilhas* a fim de que ele lesse antes de começar sua empreitada.

Mas, apesar da admiração de Tolkien em relação à obra de Dunsany, além dos elementos de fantasia presentes nas histórias de ambos, dentre outras semelhanças, o estilo e a forma de cada um se diferem consideravelmente. De acordo com

Douglas A. Anderson, autor de *O Hobbit Anotado*, Lord Dunsany foi o mestre dos contos de fantasia. Já Tolkien se destaca mais pelas narrativas mais extensas, embora também tenha contos e novelas do gênero. Além disso, o tom de Dunsany frequentemente é mais irônico e fatalista. Tolkien, costumeiramente, busca o final aberto à esperança, contendo aquilo que ele chamou de *eucatástrofe*, a virada alegre e repentina, superando a tragédia humana (e élfica). Nesse aspecto, podemos retomar o pensamento de C.S. Lewis, trazido no início deste prefácio, que afirma que os motivos que levam alguém a escrever um texto imaginário envolvem, além das *razões do autor* — derivadas de imagens mentais conformadas a um gênero literário —, *as razões do homem*. Estas, por sua vez, demonstram o propósito do escritor ao redigir certo texto, ou seja, o que o motiva a compor determinada história.

Outra característica díspar entre os dois é o fato de que Tolkien desenvolveu todo um universo ficcional minucioso — que ele mesmo denominou de *legendarium* (legendário), já mencionado aqui —, enquanto Dunsany apresentava um mundo à parte em cada conto. Vale dizer também, que tanto o contista anglo-irlandês quanto o autor de *O Senhor dos Anéis* trazem nomes de personagens e de lugares esdrúxulos em suas histórias. A tribo de Heth, apresentada no conto dunsaniano "A provável aventura dos três literatos", por exemplo, possivelmente tem inspiração no inglês antigo, como uma variação the *Earth* (Terra), mas, naquele contexto, pode causar estranhamento mesmo no leitor comum de língua inglesa.

Segundo Tolkien, os nomes em suas histórias têm mais coerência, afinal, ele era filólogo, e inventar línguas, com o mínimo de consistência, era algo que ele sabia fazer com maestria. De fato, não há ligação aparente entre os nomes dos ladrões Sippy e Slorg, que estão no mesmo conto de Dunsany, a não ser pela semelhança em seus significantes. Mas há uma fundamentação linguística bastante consistente e coerente entre Finwë, Fëanor, Fingolfin e Finarfin de *O Silmarillion* de Tolkien, ainda que possam embaralhar os olhos de alguns leitores. Mas os nomes inusitados de Dunsany não têm a pretensão de ter uma profundidade filológica. Eles estão ali simplesmente para instigar o leitor a viajar com ele para outros universos, como quem emenda um sonho no outro. Embora suas histórias ainda mantenham alguma referência com o Mundo Primário, com frequência, elas provocam e desestabilizam os paradigmas lógicos da racionalidade — e os nomes incomuns ali presentes denunciam esse traço do autor.

Já em seu prólogo, Dunsany nos convida a sair "de Londres", ou seja, do ambiente cotidiano e urbano, marcado pela modernidade. Mais ainda, ele chama todos aqueles que estão cansados deste mundo para segui-lo e descobrir novas realidades. Já Tolkien vai apresentar um universo imaginário à parte, sem a necessidade de delimitar uma passagem do Mundo Primário para o Secundário. Sua obra percorre os meandros da razão acrescidos de marcas da fantasia — frequentemente, colocadas com parcimônia, a fim de manter a consistência interna da realidade. Em seu legendário, a razão não é pervertida, mas superada, pois ela não é a única a revelar toda a imensidão da Verdade.

Apesar das diferenças entre os autores, é facilmente comprovável a referência da obra de Dunsany no imaginário de Tolkien. Em 1967, o já famoso subcriador da Terra-média teve a oportunidade de ler e comentar sobre o rascunho de uma entrevista dele concedida ao *Daily Telegraph Magazine*, elaborada pelo casal Charlotte e Denis Plimmer. Nessa ocasião, Tolkien esclareceu sobre sua concepção em relação à invenção de idiomas, mais precisamente, sobre a relação significante (som e representação gráfica das palavras) e significado (o sentido delas) no processo de composição de uma nova língua.

Ali, ele comentou que um som aleatório só ganhava significado quando passava por uma mente humana, e o resultado se devia, entre outras coisas, ao repertório pessoal do indivíduo. Para Tolkien, por exemplo, uma palavra fortuita como *boo-hoo* (buá, na tradução em português), poderia ser o gatilho para o desenvolvimento de um "personagem ridículo, gordo e presunçoso, mitológico ou humano", devido à sua experiência de ler o conto "Chu-Bu e Sheemish", de Dunsany. Essa, certamente, era uma interpretação pessoal de Tolkien em relação aos dois excêntricos deuses rivais e invejosos do conto do anglo-irlandês.

Dale J. Nelson, em seu artigo sobre possíveis ecos de Dunsany na fantasia de Tolkien, na primeira edição do *Tolkien Studies*, aponta uma relação entre o conto "O Tesouro dos Gibbelins", presente nesta coletânea, e o poema "The Mewlips", traduzido por Ronald Kyrmse como "Os Mulhos" em *As Aventuras de Tom Bombadil*. De certa forma, o poema tolkieniano traz um espelhamento da narrativa de Dunsany. Enquanto o conto, já na primeira linha, apresenta os Gibbelins como seres fantásticos que comem "nada menos saboroso do que a carne humana", o poema tolkieniano finaliza com o assombramento de quem busca pelos Mulhos e por eles são devorados. Dunsany traça um misto de terror com a sátira das sagas épicas e dos contos de fadas mais esperançosos; Tolkien, por sua vez, apresenta, na voz narrativa dos hobbits, um tom lendário e poético de horror na cultura hobbitesca local.

Com uma criatividade sem igual, Dunsany é uma referência para grandes nomes não somente como Lewis e Tolkien, mas Ursula K. Le Guin, Neil Gaiman, H.P. Lovecraft, Jorge Luis Borges, Guillermo Del Toro, dentre muitos outros que permeiam o universo do fantástico e da fantasia. Sua atuação no imaginário contemporâneo permeia o ambiente cultural restrito e o popular, dentre as telas de arte aos jogos de RPG.

Neste livro, você vai deixar para trás um pouco de seu cotidiano para mergulhar no mundo da fantasia, entre o irônico e o enigmático. Por meio destas histórias curtas e impactantes, permita-se

As maravilhas do mestre dos contos de fantasia

deixar guiar seu olhar para as luzes e sombras da inquietação e da familiaridade, do riso e do medo, do mistério e da banalidade provocadas por um dos maiores nomes da história da fantasia literária.

Cristina Casagrande
Doutora em literatura tolkieniana e pesquisadora do Grupo de Estudos Mitopoéticos pela Universidade de São Paulo (FFLCH/USP)

Prólogo

Venham comigo, senhoras e senhores que de alguma forma estejam cansados de Londres: venham comigo, e aqueles que estão cansados do mundo que conhecemos, pois novos mundos temos aqui.

a manhã de seu ducentésimo quinquagésimo ano, o centauro Shepperalk foi até o cofre dourado que continha o tesouro de sua raça, retirou de lá o amuleto estimado que seu pai, Jyshak, forjara na juventude com o ouro das montanhas — e no qual incrustara opalas barganhadas com os gnomos —, colocou-o no pulso e, sem dizer uma palavra, deixou a caverna de sua mãe. E também levou consigo aquele clarim dos centauros, aquela famosa trompa de prata que na sua época havia incitado dezessete cidades dos Homens à rendição e que por vinte anos retumbara junto às muralhas estreladas no Cerco de Tholdenblarna, a cidadela dos deuses, época em que os centauros travaram sua fabulosa guerra e não foram derrotados por força alguma de armas, mas se retiraram lentamente em uma nuvem de poeira diante do milagre final dos deuses que Eles trouxeram de Seu arsenal derradeiro em Sua necessidade desesperada. Pegou o amuleto e afastou-se, e sua mãe apenas suspirou e o deixou partir.

Ela sabia que hoje ele não beberia no córrego que descia dos terraços de Varpa Niger, as terras interiores das montanhas, que hoje ele não se admiraria por um momento com o pôr do sol e depois trotaria de volta para a caverna para dormir sobre juncos arrastados por rios que desconhecem o Homem. Ela sabia que se dava com ele o mesmo que outrora se dera com seu pai e com Goom, o pai de Jyshak, e há muito tempo com os deuses. Portanto, ela apenas suspirou e o deixou partir.

Mas ele, saindo da caverna que era seu lar, passou pela primeira vez sobre o pequeno córrego e, contornando a curva dos rochedos, viu cintilando abaixo de si a planície mundana. O vento outonal que adornava o mundo, subindo as encostas da montanha, batia gélido em seus flancos nus. Ergueu a cabeça e resfolegou.

"Agora sou um cavalomem!", gritou em voz alta, e saltando de rochedo em rochedo galopou por vales e precipícios, por leitos de torrentes e rasgos de avalanches, até chegar às léguas serpeantes da planície, deixando para sempre atrás de si as montanhas de Athraminaurian. Seu destino era Zretazoola, a cidade de Sombelenë. Que lenda sobre a beleza inumana de Sombelenë ou sobre seu assombroso mistério pairou sobre a planície mundana até o fabuloso berço da raça dos centauros, as montanhas de Athraminaurian, eu desconheço. Contudo, no sangue dos homens há uma maré, uma antiga corrente marinha, melhor dizendo, que de certa forma é semelhante ao crepúsculo e lhe traz rumores de belezas por mais distantes que estejam, tal como a madeira flutuante que se encontra no mar, provinda de ilhas que ainda não foram descobertas; e essa corrente primaveril que visita o sangue dos homens provém do fabuloso quartel de sua linhagem, da lendária, de antigamente. Ela o leva para os bosques, para as colinas; ele escuta a antiga canção. De modo que é possível que o fabuloso sangue de Shepperalk tenha-se agitado naquelas distantes montanhas isoladas, nos confins do mundo, com os rumores que somente o crepúsculo aéreo conhecia e que confiava secretamente apenas ao morcego, pois Shepperalk era ainda mais lendário do que o homem. O certo é que desde o início se dirigia à cidade de Zretazoola, onde Sombelenë permanecia em seu templo, embora toda a planície mundana, seus rios e montanhas, se interpusesse entre o lar de Shepperalk e a cidade que procurava.

Quando os pés do centauro tocaram pela primeira vez a grama daquela terra aluvial, ele soprou alegremente a trompa de prata, empinou-se e deu cabriolas e brincou durante léguas; seu passo, uma nova e bela maravilha, parecia o de um cavalo que nunca ganhara uma corrida; o vento gargalhava ao passar por ele. Abaixava a cabeça para sentir o perfume das flores, erguia-a para ficar mais próximo das estrelas invisíveis, deleitava-se atravessando reinos, conquistava rios em seu galgar. Como vos direi, vós que viveis em cidades, como vos direi como ele se sentia ao galopar? Sentia-se forte como as torres de Bel-Narana; leve como aqueles palácios de teia que a aranha-fada constrói entre o céu e o mar ao longo das costas de Zith; veloz como algum pássaro que se apressa de manhã para cantar nos pináculos de alguma cidade antes da chegada da alvorada. Era o companheiro declarado do vento. Alegre, era como uma canção; os raios de seus ancestrais lendários, os deuses primitivos, começavam a se misturar com o seu sangue; seus cascos ribombavam. Chegava às cidades dos homens e todos estremeciam, pois se lembravam das antigas guerras míticas e temiam agora novas batalhas e receavam pela raça humana. Por Clio essas guerras não são registradas; a história não tem ciência delas, mas que importa? Nem todos dentre nós se sentaram aos pés dos historiadores, mas todos aprenderam fábulas e mitos nos joelhos de suas mães. E não houve ninguém que não temesse guerras estranhas quando viram Shepperalk voltear e saltar pelas vias públicas. Assim passou de cidade em cidade.

À noite deitava-se sereno sobre os juncos de algum pântano ou floresta; antes de amanhecer erguia-se triunfante e bebia fartamente em algum rio no escuro e, chapinhando para fora das águas, trotava até algum lugar elevado para encontrar-se com o sol nascente e para enviar ao leste as saudações ecoantes e exultantes de sua trompa jubilante. E contemplava o sol surgindo dos ecos, e as planícies recém-iluminadas pelo dia, e as léguas que se precipitavam como água vinda das alturas, e aquele jovial companheiro, o vento de riso ruidoso, e homens e os medos dos homens e suas pequenas cidades. E, depois disso, grandes rios e lugares desolados e novas e imensas colinas, e depois novas terras além delas, e mais cidades de homens, e sempre o velho companheiro, o glorioso vento. Reino após reino era atravessado, e ainda assim seu fôlego permanecia constante.

"É magnífico galopar sobre uma boa relva enquanto jovem", dizia o jovem cavalomem, o centauro.

"Ha, ha", dizia o vento das colinas, e os ventos da planície respondiam.

Sinos ribombavam em torres frenéticas, sábios consultavam pergaminhos, astrólogos procuravam o presságio nas estrelas, os idosos faziam profecias sutis.

"Ele não é veloz?", perguntavam os jovens.

"Como ele é feliz!", diziam as crianças.

Noite após noite o sono lhe era trazido, e dia após dia seu galope era iluminado, até que chegou às terras dos Athalonianos, que vivem nos limites da planície mundana, e de lá chegou novamente às terras lendárias, como aquelas em que fora criado do outro lado do mundo e que orlam a borda do mundo e mesclam-se com o crepúsculo. E lá lhe ocorreu um pensamento poderoso em seu coração infatigável, pois sabia que agora se aproximava de Zretazoola, a cidade de Sombelenë.

Findava-se o dia quando se aproximou da cidade, e as nuvens tingidas pelo entardecer deslizavam na planície à sua frente. Galopou para dentro da névoa dourada e, quando esta lhe ocultou a visão das coisas, os sonhos de seu coração despertaram e ele ponderou romanticamente todos aqueles rumores que lhe costumavam chegar sobre Sombelenë por causa da companhia de coisas fabulosas. Ela habitava (segredava o entardecer ao morcego) em um pequeno templo à margem de um lago isolado. Um bosque de ciprestes a ocultava da cidade, de Zretazoola das vias ascendentes. E em frente ao templo encontrava-se seu túmulo, seu triste sepulcro lacustre de portas abertas, para que sua beleza estonteante e os séculos de sua juventude não dessem espaço à heresia entre os homens de que a adorada Sombelenë era imortal: pois apenas a sua beleza e a sua linhagem eram divinas.

Seu pai havia sido meio centauro e meio deus; sua mãe era filha de um leão do deserto e daquela esfinge que guarda as pirâmides; era mais mística que Mulher.

Sua beleza era como um sonho, era como uma canção; o sonho de uma vida sonhado sobre orvalhos encantados, a canção cantada a alguma cidade por um pássaro imortal levado para longe de suas costas nativas por uma tempestade no Paraíso. Aurora após aurora sobre montanhas de romance ou crepúsculo após crepúsculo jamais poderiam igualar sua beleza. Todos os vaga-lumes não sabiam do segredo entre si, nem todas as estrelas da noite; poetas jamais o cantaram, nem o entardecer adivinhou seu significado; a manhã o invejava, estava oculto dos amantes. Ela não fora desposada, jamais fora cortejada. Os leões não vinham cortejá-la por temerem sua força, e os deuses não ousavam amá-la pois sabiam que ela devia morrer. Foi isso o que o entardecer sussurrou para o morcego, esse era o sonho no coração de Shepperalk enquanto galopava às cegas pela névoa. E de repente lá, sob seus cascos, na escuridão da planície, apareceu a fenda nas terras lendárias, e Zretazoola abrigada na fenda, banhada pelo sol do entardecer.

Veloz e habilmente desceu ele pela ponta superior da fenda e, entrando em Zretazoola pelo portão externo que dava direto para as estrelas, galopou de súbito pelas ruas estreitas. Muitos dos que acorreram às sacadas enquanto ele passava a tropel, muitos dos que colocaram suas cabeças para fora das janelas reluzentes, são mencionados em uma antiga canção. Shepperalk não se deteve para saudar ou responder aos desafios vindos de torres marciais; atravessou o portão que dava para a terra como o raio de seus ancestrais e, como o

Leviatã que saltara sobre uma águia, precipitou-se na água entre o templo e o túmulo.

Subiu a galope os degraus do templo com os olhos semicerrados e, vendo apenas vagamente por entre as pestanas, agarrou Sombelenë pelos cabelos, ainda não ofuscado por sua beleza, e assim a arrastou para fora. E, saltando com ela sobre o abismo sem fundo onde as águas do lago caíam esquecidas num buraco no mundo, levou-a não sabemos para onde, para ser sua escrava por todos os séculos que são permitidos à sua raça.

Três sopros deu ele, enquanto seguia, naquela trompa que é o tesouro imemorial dos centauros. Esses foram os seus sinos de núpcias.

uando Thangobrind, o joalheiro, ouviu a tosse agourenta, voltou-se de imediato para aquele caminho estreito. Era um ladrão de ampla reputação, protegido pelos nobres e eleitos, pois roubara nada menos do que o ovo de Moomoo, e em toda sua vida roubou apenas quatro tipos de pedras: o rubi, o diamante, a esmeralda e a safira; e, enquanto joalheiro, sua honestidade era grande.

Ora, havia um Príncipe Mercante que procurara Thangobrind e lhe oferecera a alma da filha por aquele diamante que é maior do que uma cabeça humana e que se encontrava no colo do ídolo aracnídeo, Hlo-hlo, no templo de Moung-ga-ling, pois ouvira que Thangobrind era um ladrão confiável. Thangobrind oleou o corpo, esgueirou-se de sua loja e passou secretamente por atalhos, chegando até Snarp antes que percebessem que havia saído novamente a negócios ou que dessem pela falta da espada debaixo do balcão. Por essa razão seguia apenas de noite, escondendo-se durante o dia e polindo os gumes de sua espada, que chamava de Camundongo por ser ligeira e ágil. O joalheiro tinha métodos sutis de viagem; ninguém o viu atravessar as planícies de Zid; ninguém o viu chegar a Mursk ou Tlun. Ah, mas ele amava as sombras! Certa vez a lua, ao surgir inesperadamente após uma tempestade, havia traído um joalheiro comum; tal não ocorrera com Thangobrind; o vigia viu somente uma forma agachada que rosnava e ria:

"É apenas uma hiena", disseram eles.

Certa vez, na cidade de Ag, foi agarrado por um dos guardiões, mas Thangobrind estava oleado e escapou de suas mãos; mal se ouviram os pés descalços se afastarem. Ele sabia que o Príncipe Mercante aguardava seu retorno, com os olhinhos abertos a noite toda cintilando de cobiça; sabia que a filha do príncipe permanecia acorrentada e gritava dia e noite. Ah, Thangobrind sabia. E se não tivesse saído a negócios, quase se teria permitido uma ou duas pequenas gargalhadas. Mas negócios eram negócios, e o diamante que buscava ainda se encontrava no colo de Hlo-hlo, onde havia estado nos últimos dois milhões de anos, desde que Hlo-hlo criou o mundo e lhe conferiu todas as coisas, exceto aquela pedra preciosa chamada Diamante do Morto. A joia era roubada com frequência, mas tinha a capacidade de regressar novamente ao colo de Hlo-hlo. Thangobrind sabia disso, mas ele não era um joalheiro comum e esperava ludibriar Hlo-hlo, não percebendo a corrente de ambição e cobiça e que elas são vaidade.

Com que agilidade trilhou o caminho pelos poços de Snood! Ora como um botânico, esquadrinhando o solo, ora como um dançarino, saltando de beiradas desmoronadas. Já estava bastante escuro quando passou pelas torres de Tor, de onde arqueiros disparavam flechas de marfim em estranhos para que nenhum forasteiro viesse alterar-lhes as leis, que são ruins, mas que não devem ser alteradas por meros estrangeiros. Disparavam à noite ao som dos passos dos estranhos. Ó Thangobrind, Thangobrind, jamais houve joalheiro como vós! Ele arrastou duas pedras atrás de si por meio de longas cordas, e nelas os arqueiros dispararam. Deveras tentadora foi a cilada que armaram em Woth, com as esmeraldas soltas no portão da cidade; mas Thangobrind percebeu os cordões dourados atados a cada uma delas e que subiam pela muralha, assim como os pesos que cairiam sobre ele caso tocasse em alguma, então as deixou para trás, embora o tenha feito aos prantos, e por fim chegou a Theth. Lá todos os homens veneram Hlo-hlo, apesar de estarem dispostos a crer em outros deuses, como atestam os missionários, porém somente como presas para a caçada de Hlo-hlo, que usa Suas auréolas, assim dizem essas pessoas, em ganchos dourados em seu cinto de caça. E de Theth ele chegou à cidade de Moung e ao templo de Moung-ga-ling, e adentrou e viu o ídolo aracnídeo, Hlo-hlo, sentado lá com o Diamante do Morto cintilando em seu colo, olhando para o mundo todo como uma lua cheia, mas uma lua cheia vista por um lunático que dormiu por muito tempo sob seus raios, pois havia no Diamante do Morto um certo aspecto sinistro e um presságio de coisas vindouras que é melhor que não sejam mencionadas aqui. O rosto do ídolo aracnídeo estava iluminado por aquela gema fatídica; não havia outra luz. Apesar de seus membros ofensivos e do corpo demoníaco, seu rosto estava sereno e aparentemente inconsciente.

Um breve receio surgiu na mente de Thangobrind, o joalheiro, um tremor passageiro, nada mais; negócios eram negócios e ele esperava pelo melhor. Thangobrind ofereceu mel a Hlo-hlo e se prostrou diante dele. Ah, como era astuto! Quando os sacerdotes surgiram da escuridão para devorar o mel, tombaram inconscientes no chão do templo, pois havia uma droga no mel oferecido a Hlo-hlo. E Thangobrind, o joalheiro, apanhou o Diamante do Morto, colocou-o no ombro e, caminhando com dificuldade, afastou-se do santuário;

O Angustiante Conto de Thangobrind, o Joalheiro

e Hlo-hlo, o ídolo aracnídeo, nada disse, mas riu sutilmente quando o joalheiro fechou a porta. Ao despertarem do efeito da droga que fora oferecida com o mel a Hlo-hlo, os sacerdotes precipitaram--se a uma salinha secreta, com uma abertura que dava para as estrelas, e projetaram o horóscopo do ladrão. Algo que viram no horóscopo pareceu satisfazê-los. Não era do feitio de Thangobrind voltar pelo caminho por onde viera. Não, tomou outra estrada, ainda que levasse ao caminho estreito, à casa da noite e à floresta das aranhas. A cidade assomava-se por detrás dele, sacada sobre sacada, eclipsando metade das estrelas, enquanto se arrastava dali com seu diamante. Estava receoso. Embora tenha se recusado a admitir, quando um som leve como de pés de veludo surgiu atrás dele, que pudesse ser o que temia, os instintos da profissão ainda assim lhe diziam que não é bom quando qualquer barulho segue um diamante durante a noite, e este era um dos maiores que já conseguira nesse negócio. Quando chegou ao caminho estreito que leva à floresta das aranhas, com o Diamante do Morto pesado e frio e os passos aveludados parecendo estar terrivelmente próximos, o joalheiro parou e quase hesitou. Olhou para trás; não havia nada lá. Escutou com atenção; agora não havia som algum. Pensou então nos gritos da filha do Príncipe Mercante, cuja alma era o preço do diamante, sorriu e continuou em frente, resoluto. Era observado, apaticamente, acima do caminho estreito, por aquela mulher sinistra e inexorável cuja casa é a Noite. Thangobrind, não mais escutando o som de pés suspeitos, sentia-se agora mais relaxado. Havia quase chegado ao final do caminho estreito quando a mulher, indiferente, soltou aquela tosse agourenta. A tosse era por demais significativa para ser desprezada. Thangobrind voltou-se e, de pronto, viu o que temia. O ídolo aracnídeo não havia ficado em casa. O joalheiro colocou com cuidado seu diamante no chão e sacou a espada que chamava de Camundongo. E então começou aquela famosa luta no caminho estreito, na qual a velha sinistra cuja casa era a Noite parecia ter tão pouco interesse. Via-se de imediato que para o ídolo aracnídeo era tudo uma terrível piada. Para o joalheiro era um sombrio presságio. Lutou e ofegou, e foi sendo empurrado lentamente ao longo do caminho estreito, mas feriu Hlo-hlo o tempo todo com longos e terríveis cortes por todo o seu corpo mole e imenso, até Camundongo ficar viscosa com o sangue. Porém, por fim, o riso persistente de Hlo-hlo foi demais para os nervos do joalheiro e, ferindo mais uma vez seu demoníaco adversário, deixou-se cair horrorizado e exausto à porta da casa chamada Noite e aos pés da velha sinistra que, após ter soltado aquela tosse agourenta, não mais interferiu no desenrolar dos acontecimentos. E levaram Thangobrind, o joalheiro, aquele cuja tarefa era essa, para a casa em que pendiam os dois homens e, retirando do gancho o que dos dois estava à esquerda, colocaram aquele intrépido joalheiro em seu lugar; de modo que se abateu sobre ele o destino que temia, como o sabem todos os homens, embora tenha se passado tanto tempo desde então, e a ira dos deuses invejosos de alguma maneira tenha-se aplacado.

E a filha única do Príncipe Mercante sentiu tão pouca gratidão por esse grande ato de libertação que adotou uma respeitabilidade beligerante, tornou-se agressivamente enfadonha, chamou a Riviera Inglesa de lar, teve coisas vulgares bordadas no abafador de seu bule de chá e não morreu no final, mas desapareceu na sua residência.

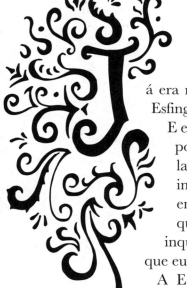á era noite quando cheguei à Casa da Esfinge. Fui recebido efusivamente. E eu, apesar do ocorrido, estava feliz por ter onde me abrigar daquela floresta agourenta. Percebi de imediato que havia ocorrido algo, embora um manto fizesse tudo o que pudesse para ocultá-lo. A mera inquietação das boas-vindas fez com que eu suspeitasse do manto.

A Esfinge estava taciturna e silenciosa. Eu não havia vindo para inquirir sobre os segredos da Eternidade, nem para investigar a vida particular da Esfinge, de maneira que eu tinha pouco a dizer e poucas perguntas a fazer; porém, ela permanecia taciturna e indiferente. Era óbvio que suspeitava que eu estivesse em busca dos segredos de um dos seus deuses ou que eu estava sendo atrevidamente intrometido acerca de sua relação com o Tempo, ou então talvez estivesse sombriamente absorta em pensar sobre o ocorrido.

Logo vi que havia outro a ser recebido além de mim; percebi pelo modo apressado com que olhavam da porta para o ocorrido e novamente para a porta. E estava claro que a recepção seria uma porta trancada. Mas que trancas, e que porta! Ferrugem, podridão e fungos estavam ali há muito tempo, e não era mais uma barreira que pudesse manter afastado sequer um lobo determinado. E parecia que o que temiam era algo pior do que um lobo.

Pouco depois descobri pelo que diziam que era uma coisa imperiosa e horrenda que estava à procura da Esfinge, e que algo que ocorrera tornara certa a sua chegada. Parecia que tinham esbofeteado a Esfinge para tirá-la de sua apatia, para que pudesse orar para um de seus deuses, a quem dera à luz na morada do Tempo; mas seu silêncio taciturno era invencível, e sua apatia oriental, desde que acontecera o ocorrido. E quando perceberam que não podiam fazê-la orar, não havia nada que pudessem fazer além de dar um pouco de atenção inútil à tranca enferrujada da porta, olhar para o ocorrido e se indagar, e até mesmo fingir esperança e dizer que o ocorrido poderia, afinal, não trazer da floresta, que ninguém nomeava, aquela coisa destinada.

Pode-se dizer que escolhi uma casa repulsiva, mas não se eu tivesse descrito a floresta de onde vim, e eu precisava de qualquer lugar onde pudesse descansar a mente para não pensar nela. Muito me indaguei acerca do que viria da floresta por causa do ocorrido; e por ter visto aquela floresta — como você, caro leitor, não viu —, eu tinha a vantagem de saber que podia vir qualquer coisa. Era inútil perguntar à Esfinge — ela raramente revela algo, tal como seu amante, o Tempo (os deuses se parecem com ela), e enquanto ela estivesse com essa indisposição, a recusa seria certa. Comecei então a azeitar calmamente a tranca da porta. E, tão logo viram esse simples ato, ganhei-lhes a confiança. Não que meu trabalho tivesse alguma serventia — ele deveria ter sido feito há muito tempo; mas eles viram que meu interesse no momento recaíra sobre aquilo que consideravam vital. Juntaram-se então à minha volta. Perguntaram-me o que eu achava da porta, se havia visto alguma melhor, se havia visto pior; e eu lhes contei sobre todas as portas que conhecia, e disse que as portas do batistério de Florença eram melhores, e que as portas produzidas por uma certa firma de construtores em Londres eram piores. E então lhes perguntei o que estava vindo atrás da Esfinge por causa do ocorrido. A princípio não queriam dizer, e parei de azeitar a porta; e então disseram que era o arqui-inquisidor da floresta, que é investigador e vingador de todas as coisas silvestres; e, pelo que disseram dele, pareceu-me que essa pessoa era muito pálida, era um tipo de loucura que caía indistinta sobre um lugar, uma espécie de bruma na qual a razão não conseguia existir. Era o medo disso que fazia com que, desajeitados, manuseassem nervosamente a tranca daquela porta apodrecida; porém, com a Esfinge era mais profecia cabal do que simples medo.

A esperança que procuravam ter era satisfatória, ao seu modo, mas eu não a compartilhava. Era óbvio que o que temiam era o corolário do ocorrido — via-se isso mais pela resignação no rosto da Esfinge do que pela ansiedade desconsolada dos outros acerca da porta.

O vento sussurrava e as grandes velas tremeluziam, e o medo dos outros e o silêncio da Esfinge cada vez mais se tornavam parte do ambiente, e morcegos cruzavam agitados a escuridão do vento que quase apagava as velas.

Então algumas coisas gritaram ao longe, depois um pouco mais próximas, e algo vinha em nossa direção, gargalhando de modo terrível. Rapidamente dei um empurrão na porta que eles estavam guardando; meu dedo afundou na madeira podre — não havia como ela aguentar. Eu não tinha tempo para observar o pavor dos outros; pensei na porta de trás, pois a floresta era melhor que isso. Apenas a Esfinge estava absolutamente calma: sua profecia fora feita e ela parecia ter contemplado seu destino, de maneira que nada de novo poderia perturbá-la.

A Casa da Esfinge

Mas por degraus apodrecidos de escadas tão antigas quanto o Homem, por beiradas escorregadias do temível abismo, com uma vertigem ominosa no coração e uma sensação de horror nas solas dos pés, subi de torre em torre até encontrar a porta que procurava; e ela se abria para um dos ramos superiores de um pinheiro imenso e sombrio, pelo qual desci até o chão da floresta. E fiquei alegre por estar de volta à floresta de onde fugi.

Quanto ao que se sucedeu à Esfinge em sua casa ameaçada, eu não sei: se contempla eternamente o ocorrido, consternada, lembrando-se somente em sua mente aflita, que os meninos agora olham de soslaio, que outrora ela bem conhecera aquelas coisas diante das quais se assombram os homens; ou se no final ela esgueirou-se dali e, subindo terrivelmente de abismo em abismo, chegou por fim a esferas mais elevadas e permanece ainda sábia e eterna. Pois quem sabe dizer se a loucura é divina ou provinda do Inferno?

uando os nômades chegaram a El Lola eles não tinham mais canções, e a questão de roubar a caixa dourada surgiu em toda a sua magnitude. Por um lado, muitos haviam buscado a caixa dourada, o receptáculo (como sabem os etíopes) de poemas de valor fabuloso; e o destino daqueles ainda é o boato corrente na Arábia. Por outro lado, era desalentador sentar-se em volta da fogueira à noite sem novas canções.

Era a tribo de Heth que discutia essas questões num certo entardecer nas planícies ao pé do pico de Mluna. Sua terra natal era a trilha pelo mundo de vagantes imemoriais. E havia preocupação entre os anciões dos nômades por causa da falta de canções; enquanto, intocado pelas aflições humanas, ainda intocado pela noite que ocultava as planícies, o pico de Mluna, calmo no crepúsculo, contemplava a Terra Dúbia. E foi lá, na planície do lado conhecido de Mluna, no momento em que a estrela vespertina surgia sorrateira e as chamas da fogueira erguiam suas desalentadas colunas de fumaça que nenhuma canção elevara, que aquele temerário plano foi delineado às pressas pelos nômades e que o mundo chamou de A Demanda pela Caixa Dourada.

Nenhuma medida da mais sábia precaução poderia ter sido tomada pelos anciões dos nômades do que escolher como seu ladrão um tal Slith, aquele mesmo ladrão que (enquanto ainda escrevo) preceptoras ensinam, em inúmeras salas de aula, ter-se aproveitado do Rei de Westalia. O peso da caixa, todavia, era tal que era preciso que outros o acompanhassem, e Sippy e Slorg eram ladrões tão ágeis quanto aqueles que podem ser encontrados atualmente entre os vendedores de antiguidades.

Assim, ao cume de Mluna os três subiram, no dia seguinte, e dormiram o melhor que puderam em meio à neve, para não arriscar uma noite nas florestas da Terra Dúbia. E a manhã chegou radiante e os pássaros estavam a cantar, mas a floresta abaixo, a desolação além e os rochedos nus

A Provável Aventura dos Três Literatos

e agourentos tinham todos a aparência de uma ameaça velada.

Embora Slith tivesse uma experiência de vinte anos de roubos, ele falava pouco; somente se algum dos outros fazia uma pedra rolar com o pé ou, mais tarde na floresta, se um deles pisasse em um graveto, sussurrava-lhes rispidamente sempre as mesmas palavras:

"Assim não é possível."

Sabia que não podia fazer deles ladrões melhores durante uma viagem de dois dias e, quaisquer que fossem as dúvidas que pudesse ter, não voltou a interferir.

Do cume de Mluna desceram até as nuvens, e das nuvens para a floresta, a cujas feras nativas — como bem sabiam os três ladrões — toda carne era alimento, fosse de peixe ou de homem. Lá cada um dos ladrões, em idolatria, tirou do bolso um deus à parte e rogou por proteção na floresta desventurada, e passaram a ter esperança em uma chance tripla de fuga, já que, se algo viesse a comer algum deles, era certo que comeria a todos, e fiavam-se que o corolário pudesse ser verdadeiro e que todos escapariam caso um o conseguisse. Quer algum desses deuses estivesse favorável e desperto, quer todos os três, ou se foi o acaso que os conduziu pela floresta sem serem devorados por detestáveis bestas, ninguém sabia, mas certamente nem os emissários do deus que eles mais temiam nem a ira do deus local daquele lugar ominoso causaram a sina dos três aventureiros naquele lugar ou mais tarde. E foi assim que

55

chegaram à Charneca Retumbante, no coração da Terra Dúbia, cujos tormentosos outeiros eram as elevações e erosões causadas pelo terremoto que agora se encontrava aquietado. Algo imenso, tão imenso que parecia injusto que se movesse com tanta suavidade, passou esplendidamente junto a eles, e por tão pouco deixaram de ser percebidos que uma palavra passou ecoando em disparada por suas cabeças: "Se... se... se..." E, quando esse perigo afinal havia passado, eles continuaram com cautela e logo se depararam com o pequeno e inofensivo mipt, meio fada e meio gnomo, soltando guinchos agudos de satisfação na orla do mundo. Afastaram-se sem serem vistos, pois diziam que a curiosidade do mipt tornara-se fabulosa e que, inofensivo como era, não lidava bem com segredos; ademais, eles provavelmente detestaram o modo como a criatura fossava os ossos brancos dos mortos, e não admitiriam sua aversão, pois não é apropriado que aventureiros se preocupem com quem come seus ossos. Seja como for, afastaram-se do mipt e chegaram quase que de pronto à árvore mirrada, a meta de sua aventura, e sabiam que ao seu lado encontrava-se a fenda do mundo e a ponte de Mal a Pior, e que abaixo deles ficava a morada rochosa do Dono da Caixa.

O plano era simples: esgueirar-se pela passagem no rochedo mais elevado; descer com cuidado por ali (obviamente de pés descalços), por debaixo do aviso aos viajantes que está gravado na pedra, que os intérpretes acreditam dizer "É Melhor Não"; não tocar nas frutinhas silvestres que estão ali por algum motivo, à direita de quem desce; e assim chegar ao guardião, em seu pedestal, que dormira durante mil anos e ainda deveria estar dormindo; e entrar pela janela aberta. Um deles esperaria do lado de fora, perto da fenda do Mundo, até que os outros voltassem com a caixa dourada, e, caso gritassem por socorro, ele de imediato ameaçaria soltar o grampo de ferro que mantinha a fenda unida. Quando a caixa estivesse segura, eles viajariam durante toda a noite e durante todo o dia seguinte, até que os bancos de nuvens que envolviam as encostas de Mluna estivessem entre eles e o Dono da Caixa.

A porta no rochedo estava aberta. Desceram os degraus gélidos sem um murmúrio sequer, com Slith à frente, conduzindo-os. Cada um deu não mais que uma olhadela de desejo às belas frutinhas. O guardião ainda estava adormecido em seu pedestal. Slorg subiu por uma escada, que Slith sabia onde encontrar, até o grampo de ferro que atravessava a fenda do Mundo, e ficou esperando ao lado do grampo, com um cinzel na mão, escutando atentamente qualquer barulho adverso, enquanto seus amigos entravam sorrateiros na casa; e não se ouviu nenhum som. E nesse instante Slith e Sippy encontraram a caixa dourada: tudo parecia transcorrer como planejado, restando apenas ver se era a caixa certa e fugir com ela daquele lugar tenebroso. Sob a proteção do pedestal, tão próximos que podiam sentir o calor que emanava do guardião — que paradoxalmente tinha o efeito de gelar o sangue do mais corajoso deles —, quebraram o fecho de esmeralda e abriram a caixa dourada; e ali leram à luz das centelhas engenhosas que Slith sabia como produzir, e mesmo essa luz tênue eles ocultaram com seus corpos. E qual não foi sua alegria, mesmo naquele momento de perigo, enquanto espreitavam entre o guardião e o abismo, ao descobrir que a caixa continha inigualáveis quinze odes em versos alcaicos, cinco sonetos que seguramente eram os mais belos do mundo, nove baladas no estilo provençal sem-par nos tesouros dos homens, um poema para uma mariposa em vinte e oito estrofes perfeitas, um trecho com mais de cem versos brancos em um nível que não se sabe que o homem tenha alcançado, assim como quinze poemas líricos nos quais mercador algum ousaria colocar um preço. Teriam lido todos novamente, pois faziam surgir lágrimas de alegria em um homem e lembranças de coisas queridas da infância, e traziam vozes doces de sepulcros longínquos; mas Slith apontou com urgência para o caminho por onde vieram e apagou a luz; e Slorg e Sippy suspiraram, e então levaram a caixa.

O guardião ainda dormia o sono que durara mil anos.

Ao irem embora, viram aquela cadeira indulgente junto à orla do Mundo, sobre a qual o Dono da Caixa ultimamente se sentara para ler egoisticamente sozinho as mais belas canções e versos já sonhados por algum poeta.

Chegaram em silêncio ao pé da escadaria. E sucedeu que, no instante em que se aproximavam em segurança, na calada da noite, alguma mão em um quarto elevado acendeu uma luz perturbadora, acendeu-a e não emitiu nenhum som.

Por um momento poderia ter sido uma simples luz, fatal como a essa altura uma luz assim poderia bem ser; mas quando ela começou a segui-los como um olho e a ficar cada vez mais vermelha ao observá-los, foi então que até mesmo o otimismo se desesperançou.

E Sippy, muito imprudente, tentou fugir, e Slorg, com igual imprudência, tentou se esconder; porém Slith, bem ciente de por que a luz havia sido acendida naquele quarto secreto e de *quem* a acendera, saltou sobre a orla do Mundo e ainda está caindo, afastando-se de nós, na escuridão silenciosa do abismo.

ombo, o idólatra, havia feito a Ammuz uma simples prece, uma prece necessária, do tipo que até mesmo um ídolo de marfim atenderia facilmente, e Ammuz não a atendeu imediatamente. Pombo, portanto, fez uma prece a Tharma pedindo a deposição de Ammuz, um ídolo que tinha boas relações com Tharma, e ao fazer isso ele cometeu uma ofensa à etiqueta dos deuses. Tharma recusou-se a atender-lhe a prece mesquinha. Pombo orou fervorosamente a todos os deuses idolatrados, pois embora fosse uma questão simples, era algo de grande necessidade para um homem. E os deuses que eram mais antigos que Ammuz rejeitaram as preces de Pombo, e até mesmo os deuses mais jovens e, por conseguinte, de maior reputação. Rezou a eles, um por um, e todos se recusaram a ouvi-lo; a princípio ele nem sequer pensou na sutil etiqueta divina que havia ofendido. Ocorreu-lhe subitamente, enquanto orava ao seu quinquagésimo ídolo, um deus menor de jade verde conhecido dos chineses, que todos os ídolos estavam de conluio contra ele. Quando Pombo descobriu isso, ressentiu-se amargamente do dia em que nascera, lamentou-se e alegava que estava perdido. Na ocasião, ele podia ser encontrado em qualquer parte de Londres rondando lojas de antiguidades e lugares onde são vendidos ídolos de marfim ou de pedra, pois vivia em Londres com outros de sua raça, embora tivesse nascido na Birmânia, entre os que consideram o Ganges sagrado. Na garoa dos finais de tarde, no rigor de novembro, o seu rosto fatigado podia ser visto junto à vidraça de alguma loja, onde suplicava a algum ídolo calmo e de pernas cruzadas, até ser afastado dali por policiais. E após a hora do fechamento ele voltava para o quarto, que ficava naquela parte da capital onde o inglês é raramente falado, para suplicar aos seus próprios ídolos menores. E quando a prece simples e necessária de Pombo foi igualmente recusada por ídolos de museus, casas de leilões e lojas, então refletiu consigo mesmo, comprou incenso e o queimou em um braseiro diante de seus próprios ídolos menores e baratos, enquanto tocava um instrumento semelhante àquele usado por encantadores de serpentes. E ainda assim os ídolos agarravam-se à sua etiqueta.

Quer Pombo conhecesse essa etiqueta e a considerasse frívola diante de sua necessidade, quer sua necessidade, a essa altura desesperada, perturbara-lhe a mente, eu não sei. Mas Pombo, o idólatra, pegou um pau e tornou-se de uma hora para outra um iconoclasta.

Pombo, o iconoclasta, saiu imediatamente de casa, deixando seus ídolos para serem varridos com a poeira e, dessa maneira, misturarem-se aos Homens, e ele foi até um arqui-idólatra de renome, que esculpia ídolos em pedras raras, e lhe apresentou seu caso. O arqui-idólatra, que fazia os próprios ídolos, repreendeu Pombo em nome dos Homens por ter quebrado seus ídolos — "Pois não foram eles feitos pelo Homem?", indagou o arqui-idólatra —, e a respeito dos ídolos em si falou ele por muito tempo e com erudição, explicando a etiqueta divina e como Pombo a havia ofendido, e como nenhum ídolo do mundo escutaria a prece de Pombo. Ao ouvir aquilo, Pombo chorou e soltou um grito amargurado, amaldiçoando os deuses de marfim e os deuses de jade, e a mão do Homem que os fizera, mas acima de tudo, amaldiçoou a etiqueta que arruinara, como ele dizia, um homem inocente. De tal feita que aquele arqui-idólatra, que fazia os próprios ídolos, acabou por interromper seu trabalho em um ídolo de jaspe para um rei que estava cansado de Wosh, e apiedou-se de Pombo e lhe disse que, embora nenhum ídolo do mundo fosse escutar-lhe as preces, ainda assim, apenas um pouco além da orla desse mesmo mundo, sentava-se certo ídolo infame que nada sabia de etiqueta e atendia a preces que nenhum deus respeitável jamais concordaria em ouvir. Ao ouvir isso, Pombo agarrou dois tufos da barba do arqui-idólatra e os beijou alegremente, secou as lágrimas e voltou a ser o velho impertinente de antes. E aquele que esculpia no jaspe o usurpador de Wosh explicou como na aldeia do Fim do Mundo, na outra ponta da Última Rua, há um buraco que se pode pensar ser um poço, próximo à parede do jardim, mas ao se pendurar pelas mãos na borda do buraco, procurar com os pés um lugar para pisar e encontrar uma saliência, verá que esse é o primeiro degrau de uma escadaria que desce pela orla do Mundo.

"Pelo que sabem os homens, essa escadaria pode ter um propósito e até mesmo um último degrau", disse o arqui-idólatra, "mas é inútil discutir sobre os degraus inferiores."

Então Pombo bateu os dentes, pois temia a escuridão, mas aquele que fazia os próprios ídolos explicou que aquela escadaria ficava sempre iluminada pelo tênue lusco-fusco em que o Mundo gira.

"Então", continuou ele, "você passará pela Casa Solitária e por baixo da ponte que leva da Casa até Nenhures, e cujo propósito não se especula; de lá passará por Maharrion, o deus das

As Preces Imprudentes de Pombo, o Idólatra

flores, e por seu sumo sacerdote, que não é ave nem gato; e assim você chegará ao ídolo menor Duth, o deus infame que atenderá sua prece." E ele voltou a esculpir seu ídolo de jaspe para o rei que estava cansado de Wosh.

Pombo lhe agradeceu e partiu cantando, pois em sua mente vernácula pensou que "tinha *pego* os deuses".

É uma longa viagem de Londres até o Fim do Mundo, e Pombo não tinha dinheiro sobrando, e mesmo assim, após cinco semanas, estava caminhando pela Última Rua; mas não direi como ele conseguiu chegar lá, pois não foi de uma maneira completamente honesta. E Pombo encontrou o poço no final do jardim, além da casa da ponta da Última Rua, e muitos pensamentos passaram por sua cabeça ao se pendurar na borda pelas mãos, mas o principal desses pensamentos era o que dizia que os deuses estavam rindo dele pela boca do arqui-idólatra, e esse pensamento martelou em sua cabeça até que ela doesse como seus pulsos... E então ele encontrou o degrau.

E Pombo desceu a escadaria. Lá, sem dúvida, estava o lusco-fusco em que o mundo gira, e as estrelas brilhavam nele tênues e distantes; não havia nada à sua frente enquanto descia, exceto aquela estranha vastidão azul do lusco-fusco, com sua profusão de estrelas e cometas que cruzavam o espaço em viagens a outros confins e cometas que voltavam para casa. E ele viu então as luzes da ponte para Nenhures, e de súbito estava na luz tremeluzente da janela da sala de estar da Casa

Solitária; e ele ouviu lá dentro vozes pronunciando palavras, e as vozes estavam longe de serem humanas, e somente sua penosa necessidade o impediu de gritar e fugir. A meio caminho entre as vozes e Maharrion, que ele agora via sobrelevando-se do mundo, coberto de halos de arco-íris, notou a estranha fera cinzenta que não era gato nem ave. Ao hesitar, enregelado de medo, Pombo escutou aquelas vozes na Casa Solitária ficarem mais altas, e com isso desceu furtivamente mais alguns degraus e passou correndo pela fera. A fera observava atentamente Maharrion soprar bolhas que eram, cada uma delas, uma estação de primavera em constelações desconhecidas, chamando as andorinhas de volta ao lar a campos inimagináveis; a fera o observava sem nem ao menos voltar um olhar para Pombo, e viu Maharrion jogar no Linlunlarna, o rio que se ergue da orla do Mundo, o pólen dourado que adoça a corrente do rio e é levado para longe do Mundo para ser júbilo das Estrelas. E lá, diante de Pombo, encontrava-se o infame deus menor que não se importa com a etiqueta e atende a preces recusadas por todos os ídolos respeitáveis. E quer a visão deste, por fim, tenha estimulado a pressa de Pombo, quer sua necessidade fosse maior do que podia suportar, ele continuou a descer rapidamente a escadaria; ou ainda, como é mais provável, foi por ter passado rápido demais pela fera, eu não sei, e tampouco importa a Pombo. De qualquer forma, ele não conseguiu parar em posição de prece aos pés de Duth, como pretendia, e passou correndo por

As Preces Imprudentes de Pombo, o Idólatra

ele, descendo os degraus que se estreitavam, tentando se agarrar às rochas lisas e nuas, até que caiu para fora do Mundo, como nosso coração dá um pulo quando caíamos num sonho e despertamos com um terrível sobressalto. Mas não houve despertar para Pombo, que ainda caía em direção às estrelas indiferentes, e o seu destino é o mesmo que o de Slith.

As coisas haviam se tornado muito difíceis para Shard, capitão pirata, em todos os mares que conhecia. Os portos da Espanha estavam fechados para ele; era conhecido em San Domingo; homens piscavam em Siracusa quando ele passava; os dois Reis das Sicílias jamais sorriam após falar sobre ele por uma hora; havia vultosas recompensas por sua cabeça em todas as cidades importantes, com imagens dela para identificação — *e todas as imagens eram pouco lisonjeiras*. Portanto, o Capitão Shard decidiu que chegara a hora de contar o segredo aos seus homens.

Uma noite, partindo de Tenerife, chamou e reuniu a todos. Admitiu generosamente que havia coisas do passado que talvez precisassem de explicação: as coroas que os Príncipes de Aragão enviaram aos seus sobrinhos, os Reis das duas Américas, certamente jamais haviam chegado às suas Sacratíssimas Majestades. Onde, poderiam perguntar os homens, estavam os olhos do Capitão Stobbud? Quem esteve queimando cidades no litoral da Patagônia? Por que um navio como o deles escolheria pérolas como carga? Por que tanto sangue no convés e tantas armas? E onde estavam o *Nancy*, o *Lark* ou o *Margaret Belle*? Perguntas como essas, frisou, podiam ser feitas pelos curiosos, e se o advogado de defesa viesse a ser um tolo, e alheio aos modos do mar, eles poderiam acabar envolvidos com fórmulas legais desagradáveis. E Bill Sangrento, como chamavam rudemente o Sr. Gagg, um membro da tripulação, olhou para o céu e disse que era uma noite ventosa e que já podia sentir a forca. E alguns dos presentes esfregaram seus pescoços, pensativos, enquanto o Capitão Shard lhes revelava seu plano. Disse que chegara a hora de abandonar o *Desperate Lark*, pois o navio era por demais conhecido pelas armadas de quatro reinos, um quinto reino estava começando a conhecê-lo e outros tinham suas suspeitas. (Mais cúteres do que mesmo o Capitão

Shard suspeitava já estavam à procura de sua bela bandeira negra com a caveira e os ossos cruzados, bem dispostos, em amarelo.) Havia um pequeno arquipélago que ele conhecia, no lado errado do Mar de Sargaços; existiam cerca de trinta ilhas lá, ilhas desocupadas e comuns, mas uma delas flutuava. Ele a havia notado anos atrás, desembarcara e nunca contara a ninguém, mas a ancorara em silêncio com a âncora de seu navio ao fundo do mar, que naquele ponto era incrivelmente profundo, e fez da coisa toda o segredo de sua vida, determinado a se casar e se estabelecer lá caso algum dia se tornasse impossível ganhar a vida do modo costumeiro no mar. Quando viu a ilha pela primeira vez, ela estava sendo levada lentamente pela correnteza, com o vento nas copas das árvores; mas se a corrente não tivesse sido corroída pela ferrugem, ela ainda deveria estar onde a deixara, e eles fariam um leme, escavariam cabines na terra e à noite içariam as velas nos troncos das árvores e velejariam para onde quisessem.

E todos os piratas deram vivas, pois desejavam colocar novamente os pés em terra firme em algum lugar onde o carrasco não apareceria para pendurá-los na mesma hora; e por mais corajosos que fossem, era duro ver tantas luzes vindo em sua direção durante a noite. Como naquele instante…! Contudo, as luzes mudaram de direção e se perderam em meio ao nevoeiro.

E o Capitão Shard disse que precisariam em primeiro lugar arranjar provisões, e que ele, de sua parte, pretendia se casar antes de se estabelecer;

e, assim, deveriam travar mais uma luta antes de deixarem o navio, saquear a cidade costeira de Bombasharna e levar de lá provisões para vários anos, enquanto ele próprio se casaria com a Rainha do Sul. E mais uma vez os piratas deram vivas, pois observavam frequentemente a costeira Bombasharna e sempre invejaram sua opulência.

Içaram então as velas e com frequência alteraram seu curso, desviando-se e fugindo de luzes estranhas até a chegada da aurora, e, durante o dia inteiro, fugiram em direção ao sul. Ao entardecer avistaram os pináculos prateados da formosa Bombasharna, uma cidade que era a glória da costa. E no centro dela, apesar de estarem muito longe, avistaram o palácio da Rainha do Sul; era tão repleto de janelas, todas voltadas para o mar, e tão iluminadas, tanto pelo pôr do sol que se findava sobre as águas como por velas que as criadas acendiam, uma a uma, que à distância parecia uma pérola, ainda cintilando em sua concha, ainda molhada da água do mar.

Então o Capitão Shard e os piratas a avistaram, ao entardecer sobre a água, e pensaram nos rumores que diziam que Bombasharna era a mais bela cidade das costas do mundo, e que seu palácio era ainda mais belo que Bombasharna; porém, sobre a Rainha do Sul, os rumores não tinham comparações. A noite caiu e ocultou os pináculos prateados, e Shard aproximou-se em meio à escuridão que se assomava até que, por volta da meia-noite, o navio pirata já se encontrava sob as ameias que davam para o mar.

E na hora em que os doentes costumam expirar e as sentinelas, em parapeitos solitários, recostam-se nas armas, exatamente meia hora antes da aurora, Shard, com dois botes e metade de sua tripulação, com remos astutamente silenciados, desembarcou sob as ameias. Atravessaram a entrada do palácio antes de o alarme ser soado e, assim que o ouviram, os artilheiros de Shard, ainda no mar, abriram fogo contra a cidade, e antes que a soldadesca sonolenta de Bombasharna soubesse se o perigo vinha da terra ou do mar, Shard já havia capturado a Rainha do Sul. Teriam saqueado durante todo o dia a argêntea cidade costeira, mas com a aurora surgiram mezenas suspeitas no horizonte. Então o capitão, com a Rainha, desceu de pronto à praia, embarcou apressadamente e fez-se à vela para longe dali com o saque que conseguira obter em sua pressa, e com menos homens, pois precisaram lutar renhidamente para voltar aos botes. Amaldiçoaram durante o dia inteiro a interferência daquelas naus agourentas que se aproximavam cada vez mais. Eram de início seis navios, e naquela noite conseguiram escapar de todos, com exceção de dois; durante todo o dia seguinte os dois navios permaneceram à vista, e cada um deles possuía mais armas do que o *Desperate Lark*. Shard desviou-se pelo mar durante toda a noite seguinte, mas os navios se separaram e um manteve-se no seu encalço; e na manhã seguinte estava sozinho com Shard no mar, cujo arquipélago estava logo à vista, o segredo de sua vida.

E Shard percebeu que precisava lutar, e foi uma luta intensa, e, ainda assim, serviu aos propósitos de Shard, pois ele tinha mais gaiatos quando a contenda começara do que precisava para sua ilha. Terminaram a luta antes que algum outro navio surgisse. Shard tirou do caminho todas as evidências adversas e chegou, naquela noite, às ilhas próximas ao Mar de Sargaços.

Os que sobreviveram da tripulação já perscrutavam o mar muito antes do dia clarear e, quando chegou a aurora, lá estava a ilha — não era maior do que dois navios — retesando arduamente sua âncora, com o vento nas copas das árvores.

E eles então desembarcaram, escavaram cabinas na terra e levantaram a âncora das profundezas do mar, e em pouco tempo fizeram da ilha o que chamavam de navegável. Porém, enviaram o *Desperate Lark* vazio e a todo o pano ao mar, onde mais nações do que Shard suspeitava estavam à procura do navio e onde logo foi capturado por um almirante espanhol que, quando descobriu que não havia ninguém da infame tripulação a bordo para enforcar da lais, caiu doente de desapontamento.

E Shard, em sua ilha, ofereceu à Rainha do Sul os melhores vinhos envelhecidos de Provença, e para adorná-la a presenteou com joias indianas saqueadas de galeões que levavam tesouros a Madri; e estendeu uma mesa ao sol onde ela jantou, enquanto em uma cabine abaixo ele ordenou ao menos grosseiro de seus marinheiros que cantasse. Ainda assim, ela estava sempre taciturna e mal-humorada para com ele, e ao entardecer frequentemente o ouviam dizer que gostaria de ter sabido mais sobre os modos das rainhas. Assim viveram durante anos, os piratas principalmente jogando e bebendo sob a superfície, o Capitão Shard tentando agradar a Rainha do Sul e ela jamais esquecendo por completo Bombasharna. Quando precisavam de novas provisões, içavam velas nas árvores e, contanto que nenhum navio estivesse à vista, lançavam-se de vento em popa, com a água quebrando nas praias da ilha; porém, assim que avistavam um navio, baixavam as velas e tornavam-se numa simples rocha desconhecida.

Eles se moviam sobretudo à noite; ora rondavam cidades costeiras como nos velhos tempos, ora adentravam corajosamente a foz dos rios e até mesmo se atracavam durante algum tempo ao continente, onde aproveitavam para pilhar as redondezas e escapar mais uma vez para o mar. E se um navio naufragasse em sua ilha, diziam que tanto melhor. Tornaram-se muito habilidosos nas artes náuticas e mais astutos no que faziam, pois sabiam que quaisquer novas sobre a antiga tripulação do *Desperate Lark* atrairia carrascos a todos os portos.

E não se sabe de ninguém que os tenha encontrado ou tomado posse de sua ilha. Mas surgiu um rumor, que passava de porto em porto e por todos os lugares em que marinheiros se reuniam e que continua até hoje, sobre uma perigosa rocha desconhecida, situada em algum ponto entre Plymouth e o Cabo Horn, que aparecia repentinamente nas rotas mais seguras de navios e que teria sido a causa do naufrágio de embarcações que, estranhamente, não deixavam rastros de seus paradeiros. De princípio houve certa especulação a respeito, até que foi silenciada pela observação fortuita de um homem envelhecido por devaneios: "É um dos mistérios que assombram o mar."

E o Capitão Shard e a Rainha do Sul quase viveram felizes para sempre, embora ao entardecer aqueles de vigia nas árvores vissem o capitão se sentar com um ar intrigado ou o ouvissem murmurar ocasionalmente de um modo insatisfeito: "Quisera eu soubesse mais sobre os modos das rainhas."

Esta história é contada nas sacadas de Belgrave Square e em meio às torres da Pont Street; homens a cantam ao entardecer na Brompton Road.

m seu décimo oitavo aniversário, a Srta. Cubbidge, do número 12A da Prince of Wales' Square, não imaginava que antes que se passasse outro ano ela perderia de vista aquela forma oblonga desproporcional que era seu lar há tanto tempo. E se lhe contassem que dentro de um ano todos os vestígios dessa praça, e do dia em que seu pai foi eleito por uma esmagadora maioria para tomar parte na orientação dos destinos do império, desapareceriam por completo de suas lembranças, ela simplesmente teria dito, naquela voz afetada: "De jeito nenhum!"

Não houve nada a respeito nos jornais, as políticas do partido de seu pai não o previram, não houve indicações do fato nas conversas das festas noturnas que a Srta. Cubbidge frequentou: não houve absolutamente nada para avisá-la de que um dragão repugnante, com escamas douradas que ressoavam à medida que se movia, sairia direto do auge das histórias românticas, passaria à noite (até onde sabemos) por Hammersmith e chegaria à Mansão Ardle, virando então à esquerda, o que o traria, é claro, à casa do pai da Srta. Cubbidge.

Lá estava a Srta. Cubbidge sentada sozinha na sacada, à noite, esperando que o pai recebesse o título de baronete. Calçava botas de passeio, um chapéu e um vestido de noite decotado, pois até há pouco um pintor estivera pintando seu retrato, e nem ela nem o pintor viram nada de anormal na estranha combinação. Ela não percebeu o troar das escamas douradas do dragão, tampouco conseguiu discernir, acima das diversas luzes de Londres, o pequeno brilho vermelho de seus olhos. Ele ergueu de súbito a cabeça, um fulgor dourado, sobre a sacada; naquele instante não parecia um dragão fulvo, pois suas escamas reluzentes refletiam a beleza que tomava Londres apenas ao entardecer e à noite. Ela gritou, mas a nenhum cavaleiro, tampouco sabia a qual cavaleiro clamar, nem onde estariam os destruidores de dragões dos longínquos e românticos dias, que presa mais poderosa caçavam ou que guerras travavam; talvez estivessem ocupados, naquela mesma hora, armando-se para o Armagedom.

Da sacada da casa do pai na Prince of Wales' Square, a sacada pintada de verde-escuro que escurecia a cada ano, o dragão ergueu a Srta. Cubbidge e estendeu suas troantes asas, e Londres ficou para trás como uma moda passageira. E a Inglaterra ficou para trás, e a fumaça de suas fábricas e o redondo mundo material que revolve veloz em torno do sol, afligido e perseguido pelo tempo, até que apareceram as eternas e antigas terras do Romance, baixas junto aos mares místicos.

Não era possível imaginar a Srta. Cubbidge acariciando despreocupadamente a cabeça dourada de um dos dragões das canções com uma mão, enquanto com a outra por vezes brincava com as pérolas que lhe eram trazidas de cantos remotos do mar. Enchiam conchas gigantescas com pérolas e as colocavam ao seu lado; traziam-lhe esmeraldas, que ela colocava a resplandecerem entre as longas madeixas de seus cabelos negros; traziam-lhe safiras alinhavadas para seu manto: todas essas coisas lhe eram feitas pelos príncipes de fábulas e pelos míticos elfos e gnomos. E em parte ela ainda vivia, em parte era uma só com o outrora e com aquelas histórias sagradas contadas pelas governantas, quando todas as crianças se comportam, chega a noite e o fogo está queimando bem, e as suaves batidinhas dos flocos de neve nos vidros das janelas são como os passos furtivos de seres terríveis em bosques antigos e encantados. Se a princípio ela sentia falta daquelas delicadas novidades, entre as quais fora criada, a antiga e suficiente canção do mar místico, que evocava coisas feéricas, primeiramente a acalmava e, depois, consolava-a. Esqueceu até mesmo aqueles anúncios de pílulas que eram tão estimados pela Inglaterra; esqueceu até mesmo dos jargões políticos, das coisas que se discute e das coisas que não se faz, e viu-se forçada a se contentar em vislumbrar velejarem os galeões dourados carregados com tesouros para Madri, as joviais bandeiras com o símbolo dos piratas, o minúsculo náutilo saindo para o mar e os navios de heróis, comerciando histórias românticas, ou de príncipes em busca de ilhas encantadas.

Não era com correntes que o dragão a mantinha lá, mas por meio de um dos feitiços de outrora. Para uma pessoa a quem os recursos da imprensa diária serviam há tanto tempo, feitiços seriam algo já saturado — dir-se-ia — e galeões, após algum tempo, e todas as coisas seriam ultrapassadas. Após algum tempo. Mas quer os séculos passassem por ela, quer os anos, ou tempo algum, ela não sabia dizer. Se algo indicava a passagem do tempo, era o ritmo das trompas élficas, sopradas nas alturas. Se os séculos haviam passado por ela, o feitiço que a prendia também lhe dera juventude eterna e mantivera sempre acesa a lanterna ao seu lado, e salvara da deterioração o palácio de mármore em frente ao mar místico. E se tempo jamais passava por ela, seu único momento naquelas costas maravilhosas transformara-se, por assim dizer, em um cristal, que refletia milhares de cenas. Se fosse tudo um sonho, era um sonho que não conhecia amanhecer nem dissipação. A maré vagava e sussurrava mistérios e mitos, enquanto próximo àquela dama, adormecido em seu tanque de mármore, o dragão dourado sonhava: e, um pouco além da costa, tudo o que o dragão sonhava aparecia tenuamente na bruma que pairava sobre o mar. Nunca sonhava com algum cavaleiro libertador. Enquanto sonhava, era crepúsculo; porém, quando saía agilmente de seu tanque, a noite caía e a luz das estrelas cintilava nas escamas úmidas e douradas.

Lá ele e sua prisioneira derrotaram o Tempo ou jamais o encontraram; enquanto, no mundo que conhecemos, Roncesvales era travada ou batalhas ainda por vir — não sei a que praia do Romance ele a levara. Talvez ela tenha se tornado uma daquelas princesas sobre as quais as fábulas adoram contar, mas basta saber que lá ela vivia perto do mar: e reis reinaram, e demônios reinaram, e reis retornaram, e muitas cidades voltaram ao pó de origem; e lá ela ainda residia, seu palácio de mármore não desaparecera, nem o poder que se encontrava no feitiço do dragão.

E somente uma vez chegou até ela uma mensagem do mundo que conhecera antigamente. Chegou em um navio perolado do outro lado do mar místico; era de uma antiga colega de aula que ela tivera em Putney, uma simples nota, nada mais, em uma letra pequena, apurada e redonda, que dizia: "Não é apropriado que você esteja aí sozinha."

ylvia, Rainha dos Bosques, reunira a corte em seu palácio silvestre e zombava de seus pretendentes. Cantaria para eles, dizia ela, oferecer-lhes-ia banquetes, contar-lhes-ia histórias de dias lendários, seus malabaristas dariam cambalhotas diante deles, seus exércitos os saudariam, seus bobos troçariam com eles e fariam chistes jocosos — ela só não poderia amá-los.

Esse não era o modo, diziam eles, de se tratar príncipes esplendorosos e trovadores misteriosos que ocultavam seus nomes régios; não estava de acordo com o fabulário; não havia precedente nos mitos. Ela deveria ter jogado sua luva, diziam eles, no covil de algum leão, deveria ter pedido uma vintena de cabeças venenosas das serpentes de Licantara, ou demandado a morte de qualquer dragão notável, ou lhes enviado a alguma demanda mortal; mas que ela não poderia amá-los!... Era algo sem precedentes — não havia paralelo nos anais das histórias românticas.

E então disse que, se precisavam de uma demanda, ela ofereceria sua mão àquele que primeiro a levasse às lágrimas: e a demanda seria chamada, como referência a histórias ou canções, de A Demanda das Lágrimas da Rainha, e com aquele que as obtivesse ela se casaria, ainda que fosse ele somente um duque menor de terras desconhecidas nas histórias românticas.

E muito se enfureceram, pois esperavam por alguma demanda sangrenta; mas os velhos lordes camaristas disseram, enquanto murmuravam entre si, em um canto distante e escuro da câmara, que a demanda era árdua e sábia, pois se ela pudesse vir a chorar, também poderia vir a amar. Conheciam-na desde a infância; ela nunca suspirara. Havia visto muitos homens, pretendentes e cortesãos, e jamais virara a cabeça após algum deles passar. Sua beleza era como pores do sol imóveis de amargos entardeceres, quando todo o mundo está geado, uma maravilha e um regelo.

Ela era como uma montanha banhada de sol, erguendo-se solitária, esplendorosa de gelo, uma resplandecência desolada e isolada ao final da tarde, em alturas distantes do conforto do mundo, sem bem desfrutar da companhia das estrelas, a perdição dos alpinistas. Se ela pudesse chorar, diziam, poderia amar, diziam.

E ela sorriu, amável, para aqueles príncipes ardorosos e trovadores que ocultavam seus nomes régios.

Então, um por um, cada príncipe pretendente contou a história de seu amor, com mãos estendidas e ajoelhado; e por demais tristes e lamentáveis eram as histórias que, nos balcões acima, era frequente o choro de alguma donzela do palácio. E com muita graça assentia ela com a cabeça, como uma magnólia indiferente nas profundezas da noite, movendo indolente a todas as brisas sua gloriosa flor.

E quando os príncipes haviam cantado seus amores desesperados e partido com nenhum outro espólio além das próprias lágrimas, vieram ainda os trovadores desconhecidos e contaram suas histórias em canções, ocultando seus nomes graciosos.

E havia um, Ackronnion, trajando andrajos, cobertos com a poeira das estradas, e havia por debaixo dos trapos uma armadura marcada pela guerra, onde se viam mossas de golpes; quando dedilhou sua harpa e cantou sua canção, nos balcões acima choraram as donzelas e mesmo os velhos lordes camaristas choramingaram entre si, fazendo-os rir por entre as lágrimas e dizer:

"É fácil fazer gente velha chorar e levar donzelas preguiçosas a lágrimas indolentes; mas ele não fará chorar a Rainha dos Bosques."

E com graça ela assentiu, e ele foi o último. E, desconsolados, partiram os duques e príncipes e trovadores disfarçados. Porém, Ackronnion refletia ao partir.

Era Rei de Afarmah, Lool e Haf, soberano de Zeroora e da montanhosa Chang e duque dos ducados de Molong e Mlash, nenhuma delas pouco versada nas histórias românticas, desconhecidas ou negligenciadas na criação dos mitos. Refletiu enquanto partia em seu simples disfarce.

Ora, por aqueles que não se lembram da infância, por terem outras coisas para fazer, que se saiba que sob o Reino Encantado, que se situa, como todos os homens sabem, na Orla do Mundo, habita a Besta Gaudiosa — um sinônimo de júbilo.

É sabido como a cotovia no auge do voo, crianças brincando na rua, bruxas boas e joviais pais idosos foram comparados (de modo tão apropriado!) a essa mesma Besta Gaudiosa. Ela tem apenas uma "mania" (se me permitem, por um momento, usar a expressão para ser perfeitamente claro), somente um inconveniente, que é o de em seu gáudio estragar os repolhos do Velho que Cuida do Reino Encantado — e, claro, devorar homens.

É preciso que se compreenda, ainda, que aquele que puder obter em uma vasilha as lágrimas da Besta Gaudiosa e embriagar-se com elas poderá levar todas as pessoas a lágrimas de alegria, contanto que permaneça inspirado pela poção a cantar ou a tocar alguma música.

Ora, Ackronnion refletiu deste modo: que se pudesse obter as lágrimas da Besta Gaudiosa através de sua arte, impedindo, por meio da magia da música, que a criatura cometesse alguma violência; e se um amigo matasse a Besta Gaudiosa antes que esta parasse de chorar — pois o choro chega ao fim mesmo entre os homens — ele poderia escapar com as lágrimas, sorvê-las diante da Rainha dos Bosques e levá-la a lágrimas de alegria. Assim, procurou um homem nobre e humilde que não dava importância à beleza de Sylvia, Rainha dos Bosques, pois já encontrara para si uma donzela silvestre num verão distante. E o nome do homem era Arrath, um súdito de Ackronnion, um cavaleiro da guarda de lanceiros; juntos partiram pelos campos fabulares e chegaram ao Reino Encantado, uma terra que banhava a si própria no sol (como o sabem todos os homens) por léguas ao longo das orlas do mundo. E por uma passagem antiga e estranha chegaram à terra que procuravam, em meio aos ventos que sopravam na passagem vindos do espaço, com uma espécie de gosto metálico das estrelas errantes. Ainda assim chegaram à ventilada casa de sapê onde morava o Velho que Cuida do Reino Encantado, que se sentava às janelas da sala de estar, que se abriam para além do mundo. Deu-lhes as boas-vindas em sua sala de estar estrelada, contou-lhes histórias do Espaço e, quando lhe contaram de sua perigosa demanda, o velho disse que seria um ato de caridade matar a Besta Gaudiosa, pois ele era obviamente um dos que não gostavam dos modos felizes da criatura. Então ele os conduziu para fora pela porta dos fundos, pois a porta da frente não tinha caminho, nem mesmo um degrau — o velho costumava jogar por ali a água suja, diretamente sobre o Cruzeiro do Sul — e assim chegaram ao jardim onde ficavam os repolhos e aquelas flores que só florescem no Reino Encantado, voltando sempre suas faces para o cometa, e o velho lhes apontou o caminho para o lugar que chamava de Embaixo, onde ficava o covil da Besta Gaudiosa. Fizeram então seus planos. Ackronnion iria pelos degraus com sua harpa e uma vasilha de ágata, enquanto Arrath daria a volta por um rochedo do outro lado. Então o Velho que Cuida do Reino Encantado voltou para a sua casa ventilada, resmungando ferozmente ao passar por seus repolhos, pois não tinha amor pelos modos da Besta Gaudiosa. E cada um dos amigos seguiu por seu próprio caminho.

Nada se apercebeu deles, exceto aquele corvo agourento que há muito tempo se farta com a carne dos homens.

O vento que vinha das estrelas soprava gélido.

A princípio havia uma subida perigosa, mas logo Ackronnion alcançou os degraus largos e lisos que conduziam da orla do mundo ao covil, e naquele momento ouviu, vindas do alto dos degraus, as gargalhadas contínuas da Besta Gaudiosa.

Teve, então, medo de que a alegria da criatura pudesse ser insuperável, impossível de entristecer-se com a mais penosa das canções; no entanto, não retrocedeu, e subiu aos poucos a escadaria e, depositando a vasilha de ágata em um degrau, começou a tocar o cântico chamado "Doloroso". Falava de coisas tristes e lamentadas que se sucederam a alegres cidades desde o início do mundo. Falava de como os deuses, as feras e os homens, há muito tempo, amaram seus belos companheiros, e em vão. Falava do anfitrião dourado das ledas esperanças, mas não de sua concretização. Falava de como o Amor desprezara a Morte, mas mencionava o riso desta. As gargalhadas contentes da Besta Gaudiosa cessaram de súbito em seu covil. A criatura se levantou e sacudiu-se. Ainda estava infeliz. Ackronnion ainda cantava o cântico chamado "Doloroso". A Besta Gaudiosa aproximava-se dele, pesarosa. Ackronnion, apesar do pânico que sentia, não parou de cantar. Cantou sobre a perversidade do tempo. Duas lágrimas brotaram, imensas, nos olhos da Besta Gaudiosa. Ackronnion empurrou com o pé a vasilha de ágata para uma posição adequada. Cantou sobre o outono e o fenecer. A fera chorou como choram as colinas cobertas de geada durante o degelo, e as lágrimas caíram pesadas na vasilha de ágata. Ackronnion continuou a cantar desesperadamente; falou das coisas alegres que não eram notadas, que os homens viam e não tornavam a ver, da luz do sol que reluzia despercebida em rostos agora definhados. A vasilha estava cheia. Ackronnion estava desesperado: a Besta estava tão próxima. Num momento pensou ver a boca dela salivando! — mas eram apenas as lágrimas que rolaram até os lábios da Besta. Ele sentia-se um naco de carne! A Besta estava parando de chorar! Ele cantou sobre mundos que desapontaram os deuses. E, de repente, um estrondo! E a lança forte de Arrath atingiu seu alvo, no ombro da criatura, e as lágrimas e os modos felizes da Besta Gaudiosa findaram-se para sempre.

Levaram embora com cuidado a vasilha de lágrimas, deixando o corpo da Besta Gaudiosa como uma mudança na alimentação do corvo agourento. Ao passar pela casa de sapê ventilada disseram adeus ao Velho que Cuida do Reino Encantado que, quando soube do feito, esfregou as mãos e murmurou várias vezes:

"E foi também algo muito bom. Meus repolhos! Meus repolhos!"

E pouco tempo depois Ackronnion cantou novamente no palácio silvestre da Rainha dos Bosques, tendo primeiro bebido todas as lágrimas de sua vasilha de ágata. Era uma noite de festa e toda a corte estava lá, assim como embaixadores das terras lendárias e míticas, e até mesmo alguns da Terra Cógnita.

E Ackronnion cantou como nunca cantara e como nunca voltará a cantar. Ah, mas dolorosos, tão dolorosos são todos os caminhos do Homem, poucos e ardentes os seus dias, o fim sofrimento e tão vão o seu esforço: e o destino da Mulher (quem o contará?) é escrito junto ao do Homem por deuses indiferentes e descuidados, com seus rostos voltados a outras esferas.

Começou mais ou menos dessa maneira, e então foi tomado de inspiração, e não serei capaz de descrever toda a aflição na beleza de sua canção: havia muita alegria nela, misturada com tristeza — era como os caminhos do Homem, era como o nosso destino.

Soluços surgiram com sua canção, suspiros voltavam ecoantes: senescais e soldados soluçavam, e um choro distinto era vertido pelas donzelas; como chuva caíam as lágrimas, de balcão em balcão.

E ao redor da Rainha dos Bosques tudo era uma tempestade de soluços e pesar.

Mas não, ela não choraria.

s Gibbelins não comem, como bem se sabe, nada menos saboroso do que a carne humana. Sua torre maligna liga-se à Terra Cógnita, às terras que conhecemos, por uma ponte. Seu tesouro está além da imaginação; a avareza não daria conta dele. Os Gibbelins possuem um porão em separado para esmeraldas e um para safiras; encheram um buraco com ouro e cavam-no dali quando precisam dele. E a única utilidade que se conhece para sua riqueza absurda é atrair à despensa dos Gibbelins um abastecimento contínuo de alimentos. Sabe-se que eles, em épocas de escassez, espalham rubis por terras distantes, com uma pequena trilha deles até alguma cidade dos Homens, e, sem falta, logo suas despensas ficam novamente cheias. Sua torre situa-se do outro lado daquele rio conhecido por Homero — ὁ ῥόοζ ἀχεανοίο, como ele o chamava — que circunda o mundo. E a torre foi construída pelos antepassados glutões dos Gibbelins no ponto em que o rio é estreito e vadeável, pois lhes agradava observar os ladrões remando facilmente até seus degraus. Das duas margens do rio, as gigantes árvores de lá drenavam com as suas colossais raízes o sustento que o solo comum não fornece

Lá os Gibbelins viviam e se alimentavam ignominiosamente.

Alderic, Cavaleiro da Ordem da Cidade e da Investida, hereditário Guardião da Paz de Espírito do Rei, um homem que não fora esquecido pelos criadores de mitos, ponderou por tanto tempo sobre o tesouro dos Gibbelins que, a essa altura, já o considerava seu. Que lástima eu ter de dizer que o motivo de tão perigosa aventura, empreendida na calada da noite por um homem valoroso, foi pura avareza! Contudo, era apenas na avareza que os Gibbelins fiavam-se para manter as suas despensas cheias e, a cada cem anos, enviavam espiões até as cidades dos homens para que vissem como andava a avareza, e os espiões sempre retornavam à torre dizendo que tudo ia bem.

Poderíamos pensar que, à medida que os anos passavam e os homens encontravam terríveis fins na parede daquela torre, o número dos que acabariam na mesa dos Gibbelins seria cada vez menor: mas eles descobriram que não era esse o caso.

Alderic não foi até a torre na insensatez e frivolidade de sua juventude; antes estudou cuidadosamente por muitos anos as maneiras como os ladrões encontravam sua perdição quando partiam em busca do tesouro que ele considerava seu. *Em todos os casos, eles haviam entrado pela porta.*

Consultou os que deram conselhos sobre essa demanda; atentou a cada detalhe, pagou-lhes seus preços de bom grado e decidiu não fazer nada daquilo que aconselharam, pois o que eram os seus clientes agora? Não mais do que exemplos da arte da boa mesa e meras lembranças quase esquecidas de uma refeição; e muitos, talvez, nem isso mais.

Eram estes os requisitos para a demanda, segundo recomendavam esses homens: um cavalo, um barco, uma armadura e pelo menos três homens de armas. Alguns diziam: "Sopre a trompa na porta da torre." Outros diziam: "Não toque nela."

Alderic decidiu assim: não iria a cavalo até a margem do rio, não o atravessaria a remo e iria sozinho, tomando o caminho da Floresta Impassável.

Como passar, poderíamos perguntar, o impassável? Era este seu plano: havia um dragão que ele conhecia e que, caso se desse crédito às preces dos camponeses, merecia morrer, não só por causa da quantidade de donzelas que matara cruelmente, mas porque ele era ruim para as plantações, devastava a terra e era a ruína do ducado.

Ora, Alderic decidiu bater-se com a criatura. Montou então em seu cavalo, armado com uma lança, e instigou-o até encontrar o dragão, e este veio de encontro ao cavaleiro soprando uma fumaça sufocante. E a ele Alderic gritou: "Porventura um vil dragão já matou um verdadeiro cavaleiro?"

E bem sabia o dragão que isso jamais se sucedera, e então abaixou a cabeça, ficando em silêncio, pois havia se fartado com sangue. "Por conseguinte", continuou o cavaleiro, "se tu nunca mais provares do sangue de donzelas, poderás ser minha fiel montaria. Do contrário, por meio desta lança abater-se-á sobre ti tudo aquilo que os trovadores contam dos destinos da tua raça."

O dragão não abriu a sua voraz boca, nem investiu contra o cavaleiro, cuspindo fogo, pois bem sabia do destino dos que faziam tais coisas e concordou com os termos impostos, jurando ao cavaleiro tornar-se sua fiel montaria.

Foi sobre uma sela, no dorso do dragão, que mais tarde Alderic passou por cima da impassável floresta, por cima até mesmo das copas daquelas árvores imensuráveis, filhas de prodígios. Entretanto, primeiro refletiu sobre o seu plano sutil, que ia além de simplesmente evitar tudo o que havia sido feito outrora. Deu ordens a um ferreiro, e o ferreiro lhe fez uma picareta.

Ora, houve grande júbilo ao se ouvirem os rumores sobre a busca de Alderic, pois todos sabiam que ele era um homem cauteloso e criam que ele seria bem-sucedido e enriqueceria o mundo, e, nas cidades, as pessoas esfregavam as mãos ao pensar no que receberiam. Houve muita alegria entre todos os homens do país de Alderic, exceto talvez entre os usurários, que temiam ser pagos em breve.

E houve júbilo também porque os homens esperavam que os Gibbelins, quando tivessem seu tesouro roubado, derrubariam sua ponte elevada, arrebentariam as correntes douradas que os prendiam ao mundo e flutuariam, eles e sua torre, de volta para a lua, de onde haviam vindo e onde era seu lugar. Havia pouco amor pelos Gibbelins, embora todos os homens invejassem seu tesouro.

Então todos celebraram, no dia em que ele montou seu dragão, como se já fosse um conquistador, e o que lhes agradou mais do que o bem que esperavam que fizesse ao mundo foi o fato de Alderic espalhar seu ouro pelo caminho ao partir, pois dizia que não teria necessidade dele caso encontrasse o tesouro dos Gibbelins, e necessitaria ainda menos se viesse a fumegar na mesa deles.

Quando ouviram que ele recusara os conselhos dados pelos outros, alguns disseram que o cavaleiro estava louco, outros que era superior aos que haviam dado os conselhos, porém ninguém reconheceu o mérito de seu plano.

Alderic pensava assim: durante séculos, homens foram bem aconselhados e tomaram o caminho mais óbvio, enquanto os Gibbelins haviam se habituado a esperar que eles viessem de barco e a esperá-los à porta, sempre que as suas despensas estivessem vazias, tal como um homem à procura de narcejas em um brejo; mas o que fariam, dizia Alderic, se uma narceja pousasse na copa de uma árvore? Os homens a encontrariam lá? Indubitavelmente que nunca! De modo que Alderic decidiu atravessar o rio a nado e não entrar pela porta, mas abrir caminho na pedra para dentro da torre. Além disso, tinha em mente trabalhar abaixo do nível do oceano, o rio (como sabia Homero) que circunda o mundo, para que, tão logo abrisse um buraco na parede, a água começasse a entrar, confundindo os Gibbelins e inundando os porões, que segundo os rumores tinham seis metros de profundidade, e lá ele mergulharia em busca de esmeraldas como um mergulhador em busca de pérolas. E, no dia de que falo, saiu ele a galope de casa, espalhando ouro em abundância, como eu havia dito. Passou por muitos reinos, com o dragão tentando abocanhar donzelas enquanto seguiam o caminho, mas incapaz de devorá-las por causa do freio que tinha na boca, recebendo como delicada recompensa uma esporada onde tinha a carne mais macia. Chegaram assim ao sombrio precipício arbóreo da Floresta Impassável. O dragão alçou voo com um bater de asas. Muitos fazendeiros que viviam perto da orla do mundo viram-no lá no alto, onde o crepúsculo ainda se demorava, uma linha difusa e escura, que oscilava; e, tomando-o por um bando de gansos que chegavam à terra vindos do oceano, entraram em suas casas esfregando alegremente as mãos, dizendo que o inverno estava chegando e que logo teriam neve. Em pouco tempo, até mesmo o crepúsculo desapareceu naquele local, e, quando pousaram na borda do mundo, já era noite e a lua brilhava.

O oceano, o rio ancestral, estreito e raso naquele ponto, corria sem fazer barulho. Quer estivessem em um banquete, quer vigiassem à porta, os Gibbelins também não faziam barulho. Alderic desmontou, tirou a armadura e, fazendo uma prece à sua dama, pôs-se a nadar com a picareta. Não se separou da espada, por temer encontrar um Gibbelin. Ao chegar do outro lado, começou a trabalhar imediatamente, e tudo ia bem com ele. Ninguém colocou a cabeça para fora de alguma janela, sendo que todas estavam iluminadas e, assim, ninguém que estivesse lá dentro poderia vê-lo no escuro. Os golpes da sua picareta eram abafados nas paredes fundas. Trabalhou durante toda a noite, não houve som algum que viesse lhe perturbar e, ao amanhecer, a última pedra cedeu e caiu para dentro, e o rio brotou em seguida. Alderic então pegou uma pedra, foi até o degrau mais baixo e lançou-a na porta; ouviu os ecos reverberarem dentro da torre, voltou correndo e mergulhou pelo buraco na parede.

Ele estava no porão das esmeraldas. Não havia luz na abóbada elevada acima dele, mas, mergulhando através de seis metros de água, sentiu o chão coberto de esmeraldas e os cofres abertos repletos das pedras. Através de um raio de luar tênue, viu que a água estava verde por causa das pedras e, tendo enchido facilmente uma sacola, voltou à superfície; e lá estavam os Gibbelins, com água pela cintura e tochas nas mãos! E, sem dizerem uma palavra, *nem mesmo sorrir*, penduraram-no habilmente na parede externa da torre — e a história é uma daquelas que não têm um final feliz.

pesar das propagandas de firmas rivais, é provável que todos os negociantes saibam que, atualmente, ninguém no ramo encontra-se em posição semelhante à do Sr. Nuth. Seu nome é pouco conhecido por aqueles que não fazem parte do círculo mágico do ramo; ele não precisa de divulgação, ele é consumado. É superior até mesmo à concorrência atual e, seja o que for que aleguem, os seus rivais sabem disso. Os seus termos são moderados: uma quantia tal quando a mercadoria for entregue, outra tanta na chantagem posterior. Ele pergunta o que lhe será mais conveniente. Pode-se confiar em suas habilidades; já vi uma sombra, em uma noite de ventania, mover-se fazendo mais barulho do que Nuth, pois Nuth é um ladrão por profissão. Sabe-se de homens que passam algum tempo em uma casa de campo e, mais tarde, enviam um negociante para conseguir por um bom preço alguma tapeçaria que viram no local, algum móvel ou um quadro. Isso é de mau gosto; porém, aqueles de trato mais requintado invariavelmente enviam Nuth uma noite ou duas após a visita. Ele tem jeito com tapeçarias: o senhor mal notaria que as bordas teriam sido cortadas. E com frequência, quando vejo alguma casa grande e nova repleta de móveis antigos e retratos de outras épocas, digo comigo mesmo: "Essas cadeiras bolorentas, esses antepassados de corpo inteiro e mognos entalhados são produto do incomparável Nuth."

É possível que o uso que faço da palavra *incomparável* seja contestado com base no fato de que, no ramo dos roubos, o nome de Slith ocupa um lugar único e soberano — fato que não ignoro. Mas Slith é um clássico, viveu há muito tempo e nada sabia acerca da concorrência atual; além disso, a natureza extraordinária de seu destino possivelmente lançou sobre Slith um fascínio que, aos nossos olhos, exagera os seus incontestáveis méritos.

Não pense que sou amigo de Nuth; pelo contrário: as minhas posições políticas encontram-se do lado da Propriedade. Ele não necessita de alguma palavra de minha parte, pois a sua posição é quase que única no ramo, por se encontrar entre os pouquíssimos que não precisam de divulgação.

Na época em que a minha história tem início, Nuth vivia em uma casa espaçosa, em Belgrave Square: havia feito, à sua inimitável maneira, amizade com a zeladora. O lugar servia às necessidades de Nuth e, sempre que alguém aparecia para uma vistoria do local, antes de efetuar a compra, a zeladora costumava elogiar a casa com as palavras que Nuth sugerira.

"Se não fosse pelo encanamento", dizia ela, "seria a melhor casa de Londres."

E quando se atinham a essa observação e faziam perguntas sobre o encanamento, ela respondia que o encanamento também era bom, apenas não era tão bom quanto a casa. Não viam Nuth quando examinavam os cômodos, mas Nuth estava lá.

Em uma manhã de primavera, uma senhora idosa, trajando um vestido preto impecável e um chapéu de forro vermelho, foi até essa casa e perguntou pelo Sr. Nuth; com ela foi o seu filho, grande e desajeitado. A Srta. Eggins, a zeladora, olhou para os dois lados da rua e, deixando-os entrar depois, fez com que esperassem na sala de estar, em meio a misteriosos móveis cobertos por lençóis. Esperaram por um longo tempo, quando então sentiram um cheiro de fumo e lá estava Nuth, parado bem próximo a eles.

"Céus", disse a senhora idosa cujo chapéu tinha um forro vermelho, "o senhor me deu um susto."

E então, pelos olhos dele, ela percebeu que aquele não era o modo de se falar com o Sr. Nuth.

E por fim Nuth falou e a senhora idosa explicou, muito nervosa, que o seu filho era um rapaz promissor e que já estava no ramo, mas gostaria de se aprimorar, e ela queria que o Sr. Nuth o ensinasse como ganhar a vida.

Nuth, antes de mais nada, queria ver alguma referência e, quando lhe mostraram uma escrita por um joalheiro com quem, por acaso, ele era unha e carne, o resultado foi que concordou em aceitar o jovem Tonker (pois era esse o sobrenome do rapaz promissor) e torná-lo seu aprendiz. E a senhora idosa cujo chapéu era forrado de vermelho voltou para seu pequeno chalé no interior, e todas as noites dizia ao marido:

"Tonker, precisamos trancar as janelas à noite, pois Tommy agora é um ladrão."

Não é minha intenção fornecer os detalhes do aprendizado do rapaz promissor; pois os que são do ramo já conhecem esses detalhes e os que são de outros ramos importam-se apenas com os seus próprios, enquanto que homens desocupados, sem ramo algum, não saberiam apreciar o progresso de Tommy Tonker de, a princípio, atravessar um assoalho de madeira, cheio de pequenos obstáculos, no escuro e sem fazer nenhum barulho, passando então a subir silenciosamente escadas que rangiam, abrir portas e, por último, escalar.

Basta dizer que os negócios prosperavam bastante, enquanto relatos entusiásticos do progresso de Tommy Tonker eram enviados, de tempos em tempos, à senhora idosa cujo chapéu era forrado de vermelho, com a letra laboriosa de Nuth. Nuth havia desistido muito cedo das lições de caligrafia, pois ele parecia ter algum preconceito contra as falsificações e, portanto, considerava a escrita uma perda de tempo. E então surgiu a transação com Lorde Castlenorman, em sua residência em Surrey. Nuth escolheu uma noite de sábado, pois ocorria que o sábado era observado como Sabá pela família de Lorde Castlenorman, e às onze horas a casa inteira estava em silêncio. Cinco minutos antes da meia-noite Tommy Tonker, instruído pelo Sr. Nuth, que esperava do lado de fora, saiu da casa com anéis e abotoaduras no bolso. A quantidade não era das maiores, mas os joalheiros de Paris não conseguiriam igualá-la sem mandar buscar especialmente joias na África, de modo que Lorde Castlenorman teve de pegar emprestadas abotoaduras de osso.

Nem mesmo os rumores sussurravam o nome de Nuth. Se eu dissesse que isso lhe subia à cabeça, haveria aqueles que ficariam aflitos com essa afirmação, pois seus associados sustentam que o seu bom senso perspicaz não podia ser afetado pelas circunstâncias. Direi, portanto, que sua genialidade foi instigada a planejar o que nenhum ladrão já planejara. Nada menos do que assaltar a casa dos gnoles. E essa ideia aquele homem moderado revelou a Tonker durante o chá. Se Tonker não estivesse quase louco de orgulho devido à sua recente transação e se não estivesse cego de admiração por Nuth, ele teria... mas estou chorando pelo leite derramado. Tonker objetou de maneira respeitosa; disse que preferia não ir; disse que não era justo; permitiu-se discutir; e, no fim, em uma manhã ventosa de outubro, com uma ameaça no ar, ele e Nuth aproximavam-se da pavorosa floresta.

Nuth, pesando e comparando pequenas esmeraldas com pedaços comuns de pedra, averiguara o peso provável dos ornamentos domésticos que se acredita que os gnoles possuam na estreita casa elevada em que têm morado desde os tempos antigos. Decidiram roubar duas esmeraldas e carregá-las entre eles sobre um manto; porém, se fossem pesadas demais, uma deveria ser largada imediatamente. Nuth advertiu o jovem Tonker sobre a cobiça e explicou que as esmeraldas valiam menos do que queijo até que estivessem a uma distância segura da pavorosa floresta.

Tudo havia sido planejado, e agora caminhavam em silêncio.

Não havia rastros, de homens ou de gado, na direção das trevas sinistras das árvores; nem um único caçador estivera lá à procura de elfos por mais de cem anos. Não se invadia duas vezes os vales dos gnoles. E, além das coisas que eram cometidas ali, as próprias árvores eram um aviso e não tinham o aspecto salubre das que nós mesmos plantamos.

A aldeia mais próxima ficava a algumas milhas dali, com os fundos de todas as casas voltados para a floresta e sem uma janela sequer que se abrisse naquela direção. Não falavam sobre a floresta na aldeia, e em outros lugares ela é desconhecida. Nuth e Tommy Tonker adentraram essa floresta. Não carregavam armas de fogo. Tonker pedira uma pistola, mas Nuth dissera que o som de um tiro "faria o mundo cair sobre eles", e não se falou mais no assunto. Adentraram cada vez mais a floresta durante o dia inteiro. Viram o esqueleto de algum antigo caçador georgiano pregado a uma porta em um carvalho; às vezes viam uma fada fugir deles. Em uma ocasião, Tonker pisou com todo seu peso em um graveto seco e duro, o que fez com que os dois ficassem parados por vinte minutos. O pôr do sol iluminou os troncos das árvores de modo agourento, a noite caiu e, sob a luz caprichosa das estrelas, como Nuth previra, chegaram àquela casa elevada e estreita, onde os gnoles viviam tão secretamente.

Estava tudo tão silencioso ao redor daquela casa desprezada que a coragem de Tonker, que havia desaparecido, ressurgiu, mas para os sentidos experientes de Nuth tudo parecia silencioso demais; e, no céu, era constante aquela aparência que era pior do que uma sentença declarada, de modo que Nuth, como é frequentemente o caso quando os homens ficam em dúvida, teve tempo de temer pelo pior. Mesmo assim, não abandonou a empreitada, enviando o rapaz promissor com os instrumentos da profissão pela escada até o batente verde e antigo de uma janela. E, no momento em que Tonker tocou na madeira ressequida, o silêncio, que apesar de agourento era terreno, tornou-se sobrenatural como o toque de um ghoul. Tonker ouvia sua respiração ofender aquele silêncio, seu coração era como tambores ensandecidos durante um ataque noturno, e uma tira de uma de suas sandálias enroscou-se num degrau da escada, as folhas da floresta estavam mudas e a brisa da noite não soprava. E Tonker rezou para que um camundongo ou uma toupeira fizessem qualquer barulho, mas nenhuma criatura se moveu, e até Nuth estava imóvel. E naquele instante, enquanto ainda não havia sido descoberto, o rapaz promissor tomou a decisão, que deveria ter tomado muito antes, de deixar aquelas colossais esmeraldas onde estavam e não ter mais nada a ver com a casa elevada e estreita dos gnoles, para sair dessa floresta sinistra na última hora, deixar o ramo de imediato e comprar uma casa no campo. Desceu suavemente a escada e acenou para Nuth. Mas os gnoles o haviam observado pelos buracos enganosos que fizeram nos troncos das árvores, e o silêncio deu lugar, como que por encanto, aos gritos rápidos de Tonker quando o apanharam por trás — gritos que ficaram cada vez mais rápidos, até se tornarem incoerentes. E não é bom perguntar para onde o levaram, e não direi o que fizeram com ele.

Nuth observou por um instante do canto da casa, com uma leve surpresa no rosto enquanto esfregava o queixo, pois o truque dos buracos nas árvores era novidade para ele; então se esgueirou, lépido, para fora da pavorosa floresta.

"E eles pegaram Nuth?", o senhor me pergunta, caro leitor.

"Ah, não, minha criança" (pois tal pergunta é pueril). "Ninguém pega Nuth, jamais."

 menino que brincava nos terraços e jardins à vista das colinas de Surrey jamais pensou que chegaria à Cidade Derradeira, que veria os Abismais, os barbacãs e os minaretes sagrados da cidade mais poderosa de que se tinha conhecimento. Lembro-me dele agora como uma criança com um pequeno regador vermelho, andando pelos jardins em um dia de verão

que iluminava as terras quentes do sul, encantado em sua imaginação com todas as histórias de aventuras por demais triviais. E o tempo todo lhe estava reservada aquela façanha admirada pelos homens.

Durante toda a infância, ao olhar em outras direções, além das colinas de Surrey, ele viu aquele precipício que, muralha sobre muralha e montanha sobre montanha, encontra-se nos confins do Mundo, e que em perpétuo crepúsculo, a sós com a Lua e o Sol, sustenta a inconcebível Cidade do Nunca. Estava destinado a caminhar por suas ruas, bem sabia a profecia. Possuía o cabresto mágico, uma corda desgastada que recebera de uma velha errante. Esse cabresto tinha o poder de prender qualquer animal cuja raça jamais tenha conhecido a servidão, como o unicórnio, o hipogrifo Pégaso, dragões e serpes; porém, era inútil com um leão, girafa, camelo ou cavalo.

Quantas vezes vimos a Cidade do Nunca, maravilha das Nações! Não quando é noite no Mundo e não podemos ver além das estrelas; não quando o sol está brilhando onde vivemos, turvando-nos a vista. Mas, quando o sol se põe em certos dias de tempestade, subitamente pesaroso ao entardecer, e aparecem aquelas escarpas esplendorosas, que quase tomamos por nuvens, num crepúsculo sobre nós tal como se encontra eternamente acima delas, vemos então naqueles picos reluzentes, aquelas abóbadas douradas voltadas para as orlas do Mundo, como que a dançar dignas e serenas na luz suave do entardecer, origem do Deslumbramento.

Nessa hora a Cidade do Nunca, distante e jamais visitada, contempla seu irmão, o Mundo. Fora profetizado que ele chegaria lá. Sabiam-no quando os seixos estavam sendo criados e antes de as ilhas de coral serem entregues ao mar. E assim a profecia se cumpriu, passou à história e, por fim, ao Esquecimento, de onde a arrasto ao passar flutuando, fazendo com que um dia eu tropece nela. Os hipogrifos dançam antes do amanhecer nos ares superiores; muito antes de o sol luzir em nossos gramados, voam para brilhar na luz que ainda não chegou ao Mundo, e quando a aurora desponta por detrás das colinas escarpadas, sentida pelas estrelas, eles voltam à terra, até que a luz do sol toque as copas das árvores mais altas. Os hipogrifos aterrissam com um ruflar de penas, dobrando as asas, e galopam em meio a cabriolas até chegar a alguma cidade próspera, rica e detestável, quando saltam de pronto dos campos e voam para longe dali, perseguidos pelas horríveis fumaças do local até chegarem mais uma vez aos puros ares azuis.

Aquele que em tempos idos a profecia disse que chegaria à Cidade do Nunca foi com o seu cabresto mágico, numa madrugada, até as margens do lago onde os hipogrifos aterrissavam ao amanhecer, pois a relva ali era macia e podiam muito galopar antes de chegarem a alguma cidade; e ali ele aguardou, oculto, próximo das marcas de cascos. A luz das estrelas diminuiu um pouco, deixando-as indistintas; não havia ainda outro sinal do amanhecer, quando das profundezas da noite surgiram pequenos pontos amarelados, depois quatro, cinco: eram os hipogrifos dançando e rodopiando à luz do sol. Outra manada veio se juntar à primeira, e agora já eram em doze; dançavam, suas cores refletiam no sol e desciam lentamente, dando grandes voltas. As árvores no solo despontavam contra o céu, cada galho delicado de um negrume profundo; uma estrela desapareceu de seu aglomerado, depois outra; e a aurora avançava como uma música, como uma nova canção. Patos seguiam para o lago, vindos de escuros campos de milho ainda dormentes; vozes soavam ao longe, a água foi assumindo uma determinada coloração e os hipogrifos continuavam a se banhar na luz, deleitando-se no céu; contudo, quando os pombos se agitaram em seus galhos e o primeiro passarinho alçou voo, e os pequenos mergulhões arriscaram-se a colocar as cabeças para fora dos juncos, baixaram de repente os hipogrifos, com um estrondo de penas. Ao tocarem o solo, vindos das alturas celestiais banhados com o primeiro raiar do dia, o homem, cujo destino desde outrora era chegar à Cidade do Nunca, levantou-se de um salto e capturou o último hipogrifo com o cabresto mágico. A criatura arremetia, mas não conseguia escapar, pois os hipogrifos estão entre as raças livres e, como a magia tem poder sobre o que é mágico, o homem o montou e o hipogrifo voltou novamente às alturas de onde viera, como uma fera ferida que volta para casa. Quando retornaram às alturas, o temerário cavaleiro viu à sua esquerda, gigantesca e bela, a Cidade do Nunca a que estava destinado, e contemplou as torres de Lel e Lek, Neerib e Akathooma e as escarpas de Toldenarba reluzentes no crepúsculo como uma estátua de alabastro do Entardecer. Puxou o cabresto naquela direção, para Toldenarba e os Abismais; as asas do hipogrifo ribombavam conforme o cabresto o virava. Quem poderá contar sobre os Abismais? Seu mistério é secreto. Alguns creem que são a origem da noite e que as trevas são vertidas de dentro deles sobre o mundo ao cair da noite; outros dão a entender que conhecê-los poderá causar a destruição de nossa civilização.

O cavaleiro era observado incessantemente dos Abismais por aqueles olhos que tinham tal missão; os morcegos que lá habitavam ergueram-se das profundezas quando viram a surpresa naqueles olhos; as sentinelas nos baluartes notaram a revoada de morcegos e ergueram as lanças, prontos para a guerra. Entretanto, quando perceberam que a guerra pela qual vigiavam não estava caindo sobre eles, abaixaram as lanças e permitiram que ele entrasse, e este atravessou a passagem terrestre a toda velocidade. E eis que chegou, como previsto, à Cidade do Nunca, sobranceira sobre Toldenarba, e viu o crepúsculo tardio naqueles pináculos que não conhecem outra luz. Todas as abóbadas eram de cobre, mas os coruchéus eram de ouro. Aqui e ali se viam pequenos degraus de ônix. As ruas eram gloriosas com seu pavimento de ágata. De suas casas, os habitantes observavam por pequenas vidraças quadradas de quartzo róseo. Quando olhavam para fora, o Mundo parecia alegre ao longe. Ainda que eternamente ornada com o manto do crepúsculo, a beleza da cidade fazia jus a tamanha maravilha: exceto um ao outro, a cidade e o crepúsculo eram inigualáveis. Seus bastiões eram feitos de uma pedra desconhecida no mundo em que vivemos: extraída não se sabe de onde, porém chamada pelos gnomos de *abyx*, reflete ao crepúsculo suas glórias, em todas as cores, de modo que ninguém pode dizer onde começa uma e termina o outro, assim como o crepúsculo e a Cidade do Nunca; são os gêmeos, filhos mais belos do Deslumbramento. Lá esteve o Tempo, mas sem causar destruição, conferindo às abóbadas feitas de cobre um lindo tom verde-claro e deixando intocado o resto, mesmo ele, o eversor de cidades, por qual peita eu não sei. Em Nunca, porém, choram com frequência por mudanças e finamento, lamentando catástrofes em outros mundos e por vezes construindo templos a estrelas mortas que caiam da Via Láctea em chamas, prestando-lhes adoração quando para nós há muito estão esquecidas. Possuem outros templos — quem saberá dizer a quais divindades?

E aquele que era o único dos homens destinado a chegar à Cidade do Nunca estava satisfeito em contemplá-la ao trotar pela rua de ágata, com as asas de seu hipogrifo dobradas, e ver, em ambos os lados, incontáveis maravilhas que mesmo a China desconhece. Ao se aproximar do talude mais afastado da cidade, onde habitante algum circulava, e olhar para a direção na qual nenhuma das casas estava voltada com suas janelas róseas, viu subitamente ao longe uma cidade ainda maior, que apequenava as montanhas. Quer aquela cidade tivesse sido construída sobre o crepúsculo, quer se erguesse das costas de algum outro mundo, ele não sabia dizer. Viu que ela dominava a Cidade do Nunca e empenhou-se em chegar até lá; mas a visão desse imensurável lar de colossos desconhecidos fez com que o hipogrifo entrasse em pânico, e nem o cabresto mágico, nem nada que ele fizesse conseguia fazer com que o monstro voltasse o olhar para a gigantesca cidade. Por fim, dos arredores desertos da Cidade do Nunca, onde nenhum habitante caminhava, o cavaleiro voltou-se lentamente em direção à terra e descobriu por que todas as janelas abriam-se para esse lado: os habitantes do crepúsculo olhavam para o mundo, mas não para algo que era maior que eles. Assim, do último degrau da escadaria terrestre, passando os Abismais e a face resplandecente de Toldenarba, descendo das glórias obscurecidas da Cidade do Nunca, tingida de ouro, e deixando para trás o crepúsculo perpétuo, voava o homem em seu monstro alado: o vento, que no momento estava adormecido, saltou como um cão com a arremetida, soltou um grito e deixou-os para trás. Já era manhã no Mundo lá embaixo; a noite afastava-se, arrastando o seu manto pelo caminho, fazendo com que brumas brancas se deslocassem ao passar. O mundo estava cinzento, mas brilhava; luzes piscavam inesperadas em janelas matutinas; sobre campos turvos e úmidos pastavam as vacas, saídas de seus estábulos — e nessa hora, mais uma vez, as patas do hipogrifo tocaram o solo. E no momento em que o homem desmontou e retirou o cabresto mágico, o hipogrifo saiu voando em disparada, de volta a algum lugar de dança de sua raça.

E aquele que venceu a resplandecente Toldenarba e que, único dentre os homens, chegou à Cidade do Nunca, tem o seu nome e a sua fama entre nações. Mas ele e as pessoas daquela cidade sombria têm consciência de duas coisas que os outros homens não suspeitam: eles, de que há uma cidade mais bela do que a em que vivem; ele... de um feito que não foi realizado.

trabalho do Sr. Thomas Shap era convencer os clientes de que os produtos eram genuínos e de excelente qualidade e que, no tocante ao preço, suas tácitas vontades eram consultadas. Para realizar seu trabalho, saía bem cedo, todas as manhãs, do subúrbio em que dormia e cruzava algumas milhas até a Cidade de trem. Era esse o uso que fazia de sua vida.

No momento em que percebeu pela primeira vez (não da maneira como se lê algo em um livro, mas do modo em que o instinto revela as verdades) a bestialidade de seu trabalho, da casa onde dormia, o feitio, o aspecto e as pretensões da ocupação, e até mesmo das roupas que vestia; a partir daquele momento ele afastou os seus sonhos do trabalho, suas fantasias, ambições, tudo, na verdade, exceto aquele ponderado Sr. Shap, que vestia uma sobre-casaca, comprava passagens, lidava com dinheiro e, por sua vez, podia ser lidado pelo estatístico. A parte sacerdotal do Sr. Shap, a parte do poeta, jamais pegou o primeiro trem para a Cidade.

Começou deixando a imaginação voar aos poucos, passando o dia inteiro, sonhador, em campos e rios que eram banhados pelo sol com maior intensidade, no Sul. Depois passou a imaginar borboletas lá; em seguida, pessoas com vestimentas de seda e os templos que construíam aos seus deuses.

Perceberam que ele estava calado, às vezes até mesmo distraído, mas não tinham do que reclamar do seu comportamento com os clientes, aos quais permanecia tão razoável quanto antes. Assim, ele passou o ano sonhando e, conforme sonhava, suas fantasias ganhavam força. Ainda lia jornais baratos no trem, ainda discutia o tópico efêmero do dia, ainda votava nas eleições… apesar de não fazer mais essas coisas como o Shap pleno — sua alma não estava mais nelas.

Tivera um ano agradável, sua imaginação ainda lhe era uma novidade, que descobria seguidamente coisas belas para os lados em que se dirigia, para o sudeste, no limiar do crepúsculo. Como ele tinha uma mente prática e lógica, seguidamente dizia: "Por que pagar meus dois *pence* no teatro elétrico quando posso ver facilmente do lado de fora toda espécie de coisas?" O que quer que fizesse era lógico, antes de mais nada, e aqueles que o conheciam sempre falavam de Shap como "um homem sensato, são e equilibrado".

No dia que, sem dúvida, era o mais importante de sua vida, ele foi como de costume à cidade com o primeiro trem para vender artigos razoáveis aos seus clientes, enquanto o Shap espiritual vagava por terras fantásticas. Ao deixar a estação com um ar sonhador, porém totalmente desperto, ocorreu-lhe de súbito que o verdadeiro Shap não era o que estava indo para o Trabalho vestindo roupas pretas e feias, mas o que vagava no limiar de uma selva próxima aos baluartes de uma antiga cidade oriental, que se erguia da areia e de encontro a qual o deserto se chocava com uma onda eterna. Costumava imaginar que o nome da cidade era Larkar. "Afinal, a imaginação é tão real quanto o corpo", dizia ele, com perfeita lógica. Era uma teoria perigosa.

Percebeu, como no Trabalho, a importância e o valor do método para aquela outra vida que levava. Não deixava a imaginação ir muito longe até que conhecesse perfeitamente os arredores. Evitava em particular a selva — não tinha medo de encontrar um tigre lá (afinal, o tigre não era real), mas poderia haver coisas mais estranhas à espreita. Construiu Larkar aos poucos: baluarte a baluarte, torres para os arqueiros, portões de bronze e tudo o mais. E então um dia afirmou, corretamente, que todas as pessoas com vestimentas de seda nas ruas, seus camelos, suas mercadorias que vinham de Inkustahn e a própria cidade, eram todos produtos de sua vontade — e tornou a si próprio Rei. Depois do ocorrido, sorria quando as pessoas não lhe tiravam os chapéus na rua, ao caminhar da estação até o Trabalho; porém, ele era prático o suficiente para saber que era melhor não falar sobre isso com aqueles que o conheciam somente como Sr. Shap.

Agora que era Rei da cidade de Larkar e de todo o deserto a Leste e ao Norte, mandou sua imaginação ir mais longe. Reuniu os regimentos da guarda de camelos e partiu retinindo de Larkar, com sininhos de prata sob os queixos dos camelos, e chegou a outras cidades distantes naquela areia amarela, de paredes e torres alvíssimas, que se erguiam sob o sol. Passou com os seus três regimentos de seda pelos portões, com o regimento azul-claro da guarda de camelos à sua direita, o regimento verde à sua esquerda e o regimento lilás abrindo caminho. Ao passar pelas ruas de qualquer cidade, observar os modos de seu povo e ver a maneira como a luz do sol incidia sobre as torres, proclamava-se Rei do lugar e continuava a cavalgar em sua fantasia. Passou assim de cidade em cidade e de terra em terra. Por mais perspicaz que fosse o Sr. Shap, creio que ele não se apercebeu da ânsia por enaltecimento que se abate frequentemente sobre os reis. E foi assim que, quando as

A Coroação do Sr. Thomas Shap

primeiras cidades abriram seus portões reluzentes e ele viu pessoas se prostrarem diante de seu camelo, lanceiros dando vivas ao longo de incontáveis terraços e sacerdotes surgirem para lhe prestar reverência, ele, que nunca tivera a mais ínfima autoridade no mundo que nos é familiar, tornou-se insensatamente insaciável. Soltou as rédeas da imaginação, abandonou o método e, mal se tornava rei de uma terra, já ansiava por estender suas fronteiras; adentrou assim cada vez mais o que era completamente desconhecido. A atenção que dava ao seu progresso desordenado por países que a história desconhece e por cidades tão fantásticas em seus bastiões que, embora os habitantes fossem humanos, o inimigo que temiam parecia ser algo menos ou mais que humano; o assombro com que contemplava portões e torres que até mesmo as artes não conheciam, e pessoas furtivas amontoadas em caminhos intrincados para proclamá-lo seu soberano — tudo isso começou a afetar a sua capacidade para o Trabalho. Sabia muito bem que a sua imaginação não podia governar essas belas terras se aquele outro Shap, por mais insignificante que fosse, não estivesse bem abrigado e alimentado: e abrigo e comida significavam dinheiro, e dinheiro, Trabalho. Seu erro era mais como o de algum jogador com truques engenhosos que não dá a devida atenção à ganância humana. Certo dia, sua imaginação cavalgava durante a manhã quando chegou a uma cidade deslumbrante como o nascer do sol, em cujas muralhas opalinas havia portões de ouro, tão largos que um rio passava por entre as barras, conduzindo para dentro, quando os portões eram abertos, grandes galeões com as velas içadas. Da cidade saiu dançando uma companhia, tocando instrumentos, cuja música ressoava pelas muralhas. Naquela manhã o Sr. Shap, o Shap corpóreo em Londres, esqueceu-se de pegar o trem para a cidade.

Até um ano atrás ele nunca imaginara nada; não é de surpreender que agora todas essas coisas, recém-vislumbradas por sua imaginação, começassem a pregar peças com a memória de um homem tão são. Abandonou de vez a leitura dos jornais, perdeu completamente o interesse na política e se importava cada vez menos com as coisas que estavam acontecendo à sua volta. Perdeu outras vezes o trem matutino, de modo que a firma teve que conversar seriamente com ele. Mas ele tinha o seu consolo. Não eram seus Aráthrion e Argun Zeerith e todo o litoral de Oora? E enquanto a firma o repreendia, em sua imaginação ele observava os iaques em cansativas viagens, manchas vagarosas sobre as terras nevadas que traziam tributos; e via os olhos verdes dos homens das montanhas que o olharam de modo estranho na cidade de Nith quando a adentrou pela porta do deserto. Ainda assim, sua lógica não o abandonara; sabia muito bem que seus estranhos súditos não existiam, mas tinha mais orgulho de tê-los criado com sua mente do que simplesmente de governá-los, de modo que em seu orgulho ele se sentia algo maior do que um rei, embora não ousasse pensar o que seria! Entrou no templo da cidade de Zorra e permaneceu sozinho ali por algum tempo: todos os sacerdotes ajoelharam-se diante dele quando partiu.

Ele se importava cada vez menos com as coisas com que nos importamos, com os assuntos de Shap, o negociante de Londres. Começou a menosprezar o homem com um desprezo régio. Certo dia, sentado em Sowla, a cidade dos Thuls, entronado em uma ametista, decidiu, e foi proclamado naquele momento por todas as terras com as trombetas de prata, que seria coroado rei de todas as terras das Maravilhas. Armaram pavilhões ao ar livre nas proximidades daquele antigo templo onde os Thuls oravam, ano após ano, por mais de um milênio. As árvores que balançavam lá exalavam odores fragrantes desconhecidos em qualquer país que está no mapa; as estrelas brilhavam intensamente para aquela famosa ocasião. Uma fonte lançava no ar, incessante, grandes quantidades de diamantes. Um silêncio profundo aguardava as trombetas douradas, a noite sagrada da coroação havia chegado. No alto daqueles degraus antigos e desgastados, que desciam para algum lugar que desconhecemos, encontrava-se o rei, com o seu manto de esmeralda e ametista, a vestimenta ancestral dos Thuls; ao seu lado estava aquela Esfinge que, nas últimas semanas, vinha aconselhando-o.

Quando soou a música das trombetas, avançaram lentamente na direção do rei, não se sabe de onde, cento e vinte arcebispos, vinte anjos e dois arcanjos com aquela extraordinária coroa, o diadema dos Thuls. Sabiam, enquanto se aproximavam dele, que promoções aguardavam a todos devido aos trabalhos daquela noite. Em silêncio, majestoso, o rei os aguardava.

No andar de baixo, os médicos conversavam durante o jantar, enquanto os guardas iam calmamente de quarto em quarto; e quando viram que o rei, naquele dormitório aconchegante de Hanwell, ainda estava regiamente de pé, com o rosto resoluto, aproximaram-se e lhe dirigiram a palavra:

"Vá para a cama", disseram eles, "caminha boa."

Ele se deitou e, em pouco tempo, estava dormindo: o grande dia terminara.

ra o costume, no templo de Chu-bu, os sacerdotes entrarem ao entardecer das terças-feiras e entoar: "Não há nenhum outro que não Chu-bu."
E todas as pessoas regozijavam-se e clamavam: "Não há nenhum outro que não Chu-bu." E mel era oferecido a Chu-bu, assim como milho e banha. Dessa forma ele era enaltecido.

Chu-bu era um ídolo de certa antiguidade, como pode ser visto pela cor da madeira. Ele foi entalhado em mogno e, depois de entalhado, foi polido. Colocaram-no então sobre um pedestal de diorito com um braseiro à sua frente, para que ali se queimassem especiarias, e as bandejas douradas para a banha. Dessa forma veneravam Chu-bu.

Ele já devia estar ali há mais de cem anos quando, certo dia, os sacerdotes apareceram no templo de Chu-bu com outro ídolo e o colocaram sobre um pedestal próximo ao de Chu-bu e entoaram: "Há também Sheemish."

E todas as pessoas regozijaram-se e clamaram: "Há também Sheemish."

Sheemish era claramente um ídolo moderno e, apesar de a madeira ser tingida de uma cor verme-lha escura, podia-se ver que ele havia sido recém--entalhado. E ofereceu-se mel para Sheemish assim como para Chu-bu, além de milho e banha.

A fúria de Chu-bu foi atemporal: ficou furioso durante toda aquela noite e ainda estava furioso no dia seguinte. A situação exigia milagres imediatos. Devastar a cidade com alguma peste e matar todos os seus sacerdotes não era algo que estivesse ao alcance de seus poderes, de maneira que ele con-centrou sabiamente os poderes divinos que possuía na criação de um pequeno terremoto. "Assim", pensou Chu-bu, "hei de reafirmar-me como o único deus, e os homens cuspirão em Sheemish."

Chu-bu desejou ardentemente e, mesmo assim, nenhum terremoto se manifestava, quando, de repente, percebeu que o odioso Sheemish tam-bém ousava a execução de um milagre. Parou de se preocupar com o terremoto e ouviu — ou devo dizer, sentiu — o que Sheemish estava pensando; pois os deuses têm ciência do que se passa na mente por meio de um sentido diferente de qualquer um dos nossos cinco. Sheemish também estava tentando criar um terremoto.

O motivo do novo deus provavelmente era o da autoafirmação. Não creio que Chu-bu compreendesse ou se importasse com o motivo; para um ídolo já inflamado pela inveja, bastava que o seu detestável rival estivesse à beira de um milagre. Chu-bu direcionou imediatamente todo o seu poder para a prevenção de um terremoto, mesmo que pequeno. Por algum tempo foi o que ocorreu no templo de Chu-bu, e nenhum terremoto foi criado.

Ser um deus e fracassar na realização de um milagre é uma sensação desesperadora; é como quando, entre os homens, tem-se vontade de soltar um espirro vigoroso e não se consegue espirrar; é como tentar nadar com botas pesadas ou se lembrar de um nome já completamente esquecido: eram todas essas as dores de Sheemish.

E na terça-feira vieram os sacerdotes e o povo, para venerar Chu-bu e oferecer-lhe banha, dizendo: "Ó Chu-bu, que tudo criou"; e os sacerdotes entoavam: "Há também Sheemish"; e Chu-bu foi humilhado e não falou por três dias.

Ora, havia pássaros sagrados no templo de Chu-bu e, quando chegou a noite do terceiro dia, foi revelado — por assim dizer — à mente de Chu-bu que havia sujeira sobre a cabeça de Sheemish.

E Chu-bu falou a Sheemish como falam os deuses, sem mover os lábios ou quebrando o silêncio, e disse: "Há sujeira sobre a tua cabeça, ó Sheemish." Durante toda a noite ele murmurou incessantemente: "Há sujeira sobre a cabeça de Sheemish." Quando amanheceu e vozes podiam ser ouvidas ao longe, Chu-bu ficou exultante com os seres da Terra que despertavam e gritou até o sol ficar alto: "Sujeira, sujeira, sujeira sobre a cabeça de Sheemish." Ao meio-dia disse: "Então Sheemish queria ser um deus."

E, dessa forma, Sheemish ficou confuso.

E com a terça-feira apareceu alguém para limpar a sua cabeça com água de rosas, e ele foi novamente venerado quando entoaram: "Há também Sheemish." Ainda assim Chu-bu permanecia satisfeito, pois dizia:

"A cabeça de Sheemish foi maculada." E continuava: "Sua cabeça foi maculada, é o bastante."

E, certa noite, eis que também havia sujeira sobre a cabeça de Chu-bu, e o fato foi percebido por Sheemish.

Não se dá com os deuses o que se dá com os homens. Ficamos com raiva uns dos outros, mas depois nossa raiva passa. A ira dos deuses, porém, é duradoura. Chu-bu lembrava-se e Sheemish não esquecia. Falavam como não falamos, em silêncio, e seus pensamentos tampouco são como os nossos — mas ainda assim ouviam um ao outro. Não devemos julgá-los meramente por nossos padrões humanos. Falaram durante toda a noite e disseram apenas estas palavras: "Chu-bu sujo", "Sheemish sujo". "Chu-bu sujo", "Sheemish sujo", a noite inteira. A ira dos dois não se abrandou com o nascer do dia, tampouco se cansaram das acusações. E, aos poucos, Chu-bu começou a perceber que ele nada mais era do que igual a Sheemish. Todos os deuses são invejosos, mas essa igualdade com o presunçoso Sheemish, uma coisa de madeira pintada cem anos mais novo que Chu-bu, e essa adoração a Sheemish no templo do próprio Chu-bu eram particularmente amargas. Chu-bu era invejoso mesmo para um deus; e quando a terça-feira chegou mais uma vez, o terceiro dia de adoração a Sheemish, Chu-bu não pôde mais aguentar. Sentia que a sua raiva devia ser revelada a qualquer custo e voltou veementemente ao seu intuito de conseguir criar um pequeno terremoto. Os adoradores haviam recém-saído do templo quando Chu-bu empregou a sua vontade na realização desse milagre. De vez em quando as suas meditações eram interrompidas por aquele dito agora já familiar, "Chu-bu sujo", mas a determinação de Chu-bu era feroz, a tal ponto que não a cessava nem para dizer o que ansiava dizer e já havia dito novecentas vezes, e naquele instante até mesmo essas interrupções cessaram.

Elas cessaram porque Sheemish havia retornado a um projeto que nunca abandonara por completo, que era o desejo de se afirmar e exaltar em detrimento de Chu-bu através da realização de um milagre, e, uma vez que o distrito era vulcânico, ele escolhera um pequeno terremoto como o milagre que seria realizado com maior facilidade por um deus menor.

Ora, um terremoto que é orquestrado por dois deuses tem o dobro de chances de se tornar realidade do que um desejado por apenas um deus, e uma chance incalculavelmente maior do que quando dois deuses estão em caminhos opostos, assim como, para citar o caso de deuses maiores e mais antigos, quando o sol e a lua convergem na mesma direção e temos as maiores marés.

Chu-bu nada sabia da teoria das marés e estava preocupado demais com o seu milagre para notar o que Sheemish estava fazendo. E, de repente, o milagre era algo consumado.

Foi um terremoto extremamente local, pois há outros deuses além de Chu-bu ou mesmo de Sheemish, e, como os deuses desejaram, foi apenas um terremoto muito pequeno, mas que soltou alguns monolitos em uma colunata que sustentava um dos lados do templo, derrubando uma parede inteira, e os casebres do povo daquela cidade estremeceram um pouco e algumas portas emperraram e não podiam ser abertas. Foi suficiente e, por um instante, parecia que terminara; nem Chu-bu, nem Sheemish orquestraram outros, mas colocaram em movimento uma antiga lei, mais velha que Chu-bu, a lei da gravidade que aquela colunata havia contido durante cem anos, e o templo de Chu-bu oscilou e então parou, balançou uma vez e veio ao chão, sobre as cabeças de Chu-bu e Sheemish.

Ninguém o reconstruiu, pois ninguém ousava se aproximar de deuses tão terríveis. Alguns diziam que Chu-bu realizara o milagre, mas outros que fora Sheemish, e disso se originou o cisma. Os que eram um pouco amigáveis, alarmados pela amargura das seitas rivais, buscavam um meio-termo e diziam que ambos o haviam realizado, porém ninguém suspeitou da verdade: que o ato se dera por rivalidade.

E passou-se a dizer — e as duas seitas acreditavam nisso — que aquele que tocasse em Chu-bu ou que olhasse para Sheemish morreria.

Foi assim que obtive Chu-bu, quando certa vez viajei para além das colinas de Ting. Encontrei-o em seu templo desmoronado, com as mãos e os dedos dos pés para fora dos escombros, deitado de costas, e nessa posição que o encontrei eu o mantenho até hoje, no consolo da lareira, visto que ele está menos propenso a se incomodar dessa forma. Sheemish estava quebrado, de modo que o deixei onde estava.

Há algo de desamparo em Chu-bu, com suas mãos para os céus, que às vezes eu, por compaixão, curvo-me diante dele e rezo, dizendo:

"Ó Chu-bu, vós que tudo criastes, ajudai vosso servo."

Não há muito que Chu-bu possa fazer, embora eu tenha certeza de que uma vez, em um jogo de *bridge*, ele me enviou o ás de que eu precisava, depois de uma noite inteira sem conseguir uma carta que prestasse. O acaso poderia ter feito exatamente o mesmo por mim, mas não digo isso a Chu-bu.

A polícia estava pedindo para que o velho que vestia roupas de aparência oriental se retirasse, o que fez com que fosse atraída a ele e ao pacote que levava debaixo do braço a atenção do Sr. Sladden, que ganhava a vida no empório dos Srs. Mergin e Chater, ou seja, no estabelecimento destes.

O Sr. Sladden tinha a reputação de ser o jovem mais tolo nos Negócios; uma pitada de romance — sua mera sugestão — fazia com que seus olhos se perdessem em devaneios, como se as paredes do empório fossem feitas de teias de aranha e a própria Londres fosse um mito, em vez de atender os clientes.

O simples fato de que o pedaço de papel imundo que envolvia o pacote do velho estava coberto por letras árabes foi o suficiente para dar ao Sr. Sladden as ideias de um romance, e com isso seguiu o homem até que as pessoas em volta se dispersassem e o estranho parasse no meio-fio, desembrulhasse o pacote e se preparasse para vender o que estava lá dentro. Era uma pequena janela de madeira velha, com vidraças embutidas em chumbo; não tinha muito mais do que trinta centímetros de largura e menos de sessenta de comprimento. Como o Sr. Sladden nunca tinha visto uma janela ser vendida na rua, perguntou quanto custava.

"O preço é tudo o que você possui", disse o velho.

"Onde o senhor a conseguiu?", perguntou o Sr. Sladden, pois era uma janela estranha.

"Dei por ela tudo o que eu possuía, nas ruas de Bagdá."

"O senhor possuía muito?", perguntou o Sr. Sladden.

"Eu tinha tudo o que queria", respondeu ele, "exceto esta janela."

"Deve ser uma boa janela", disse o jovem.

"É uma janela mágica", falou o velho.

"Só tenho dez xelins comigo, mas tenho mais quinze e seis *pence* em casa."

O velho ficou pensando por algum tempo.

"Então vinte e cinco e seis *pence* é o preço da janela."

Só quando a barganha terminou, com os dez xelins já pagos e o velho indo para receber seus quinze e seis *pence* e instalar a janela mágica no único quarto do jovem, que ocorreu ao Sr. Sladden que ele não precisava de uma janela. Já estavam na porta da casa onde ele alugava um quarto, e parecia tarde demais para explicar.

O estranho exigiu privacidade para instalar a janela, de modo que o Sr. Sladden ficou do lado de fora, no topo da escada que rangia. Não ouviu nenhum som de marteladas.

E, nesse instante, o estranho velho saiu do quarto com suas roupas amarelas desbotadas, barba comprida e olhar perdido em algum lugar distante.

"Está terminado", disse ele, e os dois se despediram.

E quer o velho tenha permanecido um ponto colorido anacrônico em Londres, quer tenha ido novamente para Bagdá, e que mãos mantiveram em circulação os seus vinte e cinco e seis *pence*, o Sr. Sladden jamais soube.

O Sr. Sladden entrou no quarto de tábuas cruas em que dormia e passava todo o seu tempo livre, entre a hora de fechar e a hora em que os Srs. Mergin e Chater abriam. A sua sobrecasaca limpa devia ser uma constante fascinação para os penates de um quarto tão sujo. O Sr. Sladden tirou-a e a dobrou com cuidado; e lá estava a janela do velho, um tanto alta na parede. Até então não houvera janela alguma naquela parede, nem qualquer ornamento, a não ser um pequeno guarda-louça; e quando o Sr. Sladden colocou a sobrecasaca em um local seguro, olhou pela sua nova janela. Ela estava no lugar em que ficava o guarda-louça, que era onde mantinha os utensílios para o chá: agora estavam todos na mesa. Ao olhar pela sua nova janela, o Sr. Sladden viu que era o fim de uma tarde de verão; as borboletas teriam fechado as asas há algum tempo, e os morcegos ainda não estariam voando — mas isso era em Londres: as lojas estavam fechadas e as lâmpadas ainda não estavam acesas na rua.

O Sr. Sladden esfregou os olhos, depois esfregou a janela, e ainda assim via um céu azul resplandecente e, lá embaixo ao longe, de maneira que som algum vinha de lá, nem a fumaça das chaminés, uma cidade medieval repleta de torres. Telhados marrons e ruas de pedras arredondadas, muralhas brancas e contrafortes e, além deles, campos verdejantes e pequenos córregos. Arqueiros estavam recostados nas torres, havia piqueiros ao longo das muralhas e, por vezes, uma carroça descia alguma rua antiga e atravessava o portão da cidade, indo para o interior; outras vezes uma carroça chegava à cidade saída das brumas que se estendiam sobre os campos. De vez em quando pessoas colocavam as cabeças para fora de janelas de treliça, algum trovador à toa parecia cantar e ninguém parecia apressado ou preocupado com coisa alguma. Por mais aérea e vertiginosa que fosse a distância, pois o Sr. Sladden parecia estar a uma altura muito maior da cidade do que qualquer gárgula de catedral, ele conseguiu discernir claramente um detalhe: as bandeiras que tremulavam em cada torre acima dos arqueiros ociosos exibiam pequenos dragões dourados sobre um campo branquíssimo. Ouvia o barulho dos ônibus pela outra janela, os jornaleiros gritando.

O Sr. Sladden tornou-se mais sonhador do que nunca no trabalho, no estabelecimento dos Srs. Mergin e Chater. Mas em uma questão ele permanecia circunspecto e atento: fazia investigações contínuas e cuidadosas sobre os dragões dourados em uma bandeira branca e não falava sobre a sua janela maravilhosa com ninguém. Tomou conhecimento das bandeiras de todos os reis da Europa, começou a dedicar-se a estudar história, pedia informações em lojas versadas em heráldica, mas não encontrou um traço sequer dos pequenos dragões *ou* de um campo *argênteo*. E quando lhe pareceu que aqueles dragões dourados tremulavam apenas para ele, passou a amá-los, como um exilado em um deserto pode amar os lírios que tem em casa ou como um doente pode amar as andorinhas não podendo viver facilmente até a próxima primavera.

Assim que os Srs. Mergin e Chater fechavam, o Sr. Sladden costumava voltar ao quarto sujo e olhar pela janela maravilhosa até que escurecesse na cidade e a guarda, carregando lanternas, começasse a fazer rondas pelas muralhas e a noite caísse como veludo, cheia de estranhas estrelas. Certa noite, tentou obter outra pista desenhando os formatos das constelações, mas isso não o levou a lugar algum, pois elas eram diferentes das que brilhavam nos dois hemisférios.

Todos os dias, assim que acordava, ele ia primeiro até a janela maravilhosa, e lá estava a cidade, diminuta à distância, resplandecente na manhã, com os dragões dourados dançando à luz do sol e os arqueiros espreguiçando-se ou mexendo os braços no alto das torres fustigadas pelo vento. A janela não abria, de modo que ele nunca ouvia as canções que os trovadores cantavam lá embaixo, sob os balcões; tampouco conseguia ouvir os sinos nos campanários, apesar de ver, a cada hora, as gralhas serem afugentadas de suas casas. A primeira coisa que sempre fazia era passar os olhos por todas as torrinhas que se destacavam acima das muralhas para ver os pequenos dragões dourados voando em suas bandeiras. E quando os via ondulando nas dobras brancas de cada torre, contra o maravilhoso azul profundo do céu, ele se vestia satisfeito e, depois de dar mais uma olhada, saía para o trabalho com a mente em estado de glória. Os clientes dos Srs. Mergin e Chater teriam dificuldade em adivinhar a exata ambição do Sr. Sladden enquanto este andava diante de seus olhos vestindo a sua sobrecasaca limpa: era a de poder ser um soldado ou um arqueiro, para poder lutar pelos pequenos dragões dourados que tremulavam em uma bandeira branca em nome de um rei desconhecido, em uma cidade inacessível. A princípio, o Sr. Sladden tinha o costume de dar voltas e mais voltas na rua humilde em que morava, mas não descobriu nada assim; e em pouco tempo percebeu que, debaixo de sua janela maravilhosa, sopravam ventos completamente diferentes daqueles que sopravam do outro lado da casa.

Em agosto, as tardes começaram a ficar mais curtas: foi exatamente essa a observação que os outros empregados do empório lhe fizeram, de maneira que quase chegou a temer que suspeitassem do seu segredo; e o tempo que ele tinha para a janela maravilhosa diminuíra consideravelmente, pois eram poucas as luzes das tochas lá embaixo e elas se apagavam cedo.

Numa manhã, no final de agosto, pouco antes de sair para o Trabalho, o Sr. Sladden viu uma companhia de piqueiros correr pela rua de pedras arredondadas até o portão da cidade medieval — em sua imaginação, chamava-a de Cidade do Dragão Dourado, mas nunca falava sobre ela com ninguém. O que percebeu em seguida foi que os arqueiros da torre falavam muito uns com os outros e manuseavam feixes de flechas, além das aljavas que já usavam. Havia mais cabeças para fora das janelas do que de costume; uma mulher correu para fora e mandou algumas crianças para dentro; um cavaleiro desceu a rua a galope, mais piqueiros surgiram junto às muralhas e todas as gralhas estavam no ar. Nenhum trovador cantava na rua. O Sr. Sladden deu uma olhada pelas torres para ver que as bandeiras estavam tremulando e todos os dragões dourados ondeavam ao vento. Então teve que sair para o Trabalho. Naquele fim de tarde, pegou um ônibus de volta para casa e subiu as escadas correndo. Nada parecia estar acontecendo na Cidade do Dragão Dourado, exceto por uma multidão na rua de pedras arredondadas que levava até o portão; os arqueiros, como de costume, pareciam estar encostados preguiçosamente nas torres, e foi quando uma bandeira branca foi arriada, com todos os seus dragões dourados. Ele a princípio não viu que todos os arqueiros estavam mortos. A multidão precipitava-se em sua direção, rumo à muralha elevada de onde ele observava; homens com uma bandeira branca repleta de dragões dourados recuavam lentamente, homens com outra bandeira os pressionavam, uma bandeira onde se via um enorme urso vermelho. Mais uma bandeira foi arriada em outra torre. Então ele entendeu: os dragões dourados estavam sendo derrotados — os seus pequenos dragões dourados. Os homens do urso estavam chegando debaixo da janela; qualquer coisa que ele jogasse daquela altura cairia com uma força terrível: atiçadores da lareira, carvão, seu relógio, qualquer coisa que tivesse — ele ainda lutaria por seus pequenos dragões dourados. Chamas surgiram em uma das torres e chegavam aos pés de um dos arqueiros encostados: ele não se mexeu. E agora o estandarte estrangeiro estava fora de vista diretamente abaixo. O Sr. Sladden quebrou as vidraças da janela maravilhosa e arrancou com um atiçador o chumbo que as segurava. No momento em que o vidro quebrou, ele foi capaz de ver uma bandeira repleta de dragões dourados que ainda tremulava, e, quando recuou para arremessar o atiçador, chegou-lhe às narinas o odor de misteriosas especiarias, e não havia nada lá, nem mesmo a luz do dia, pois por detrás dos fragmentos da janela maravilhosa encontrava-se apenas aquele pequeno guarda-louça onde ele guardava os utensílios para o chá.

E embora o Sr. Sladden hoje seja mais velho, conheça mais do mundo e tenha até um negócio próprio, jamais foi capaz de comprar novamente uma janela como aquela, e desde então não ouviu mais rumor algum, por meio de livros ou de homens, sobre a Cidade do Dragão Dourado.

ᵗᵉᵉ Epílogo ᵉᵗ

Aqui termina o décimo quarto Episódio do Livro das Maravilhas e o relato das Crônicas de Pequenas Aventuras na Orla do Mundo. Despeço-me de meus leitores. Mas é possível que nos encontremos novamente, pois ainda está para ser contado como os gnomos roubaram as fadas e como as fadas se vingaram deles e como até mesmo os deuses acabaram tendo seu sono perturbado com o ocorrido; como o Rei de Ool insultou os trovadores, pensando estar a salvo em meio aos seus muitos arqueiros e centenas de alabardeiros, e como os trovadores entraram secretamente à noite nas torres do rei e sob as ameias, à luz do luar, ridicularizaram-no para toda a eternidade em canções. Porém, para fazer isso, preciso primeiro retornar à Orla do Mundo. Vejam, as caravanas partem.

Ilustrações da edição original

Nas páginas a seguir, você pode se encantar com as artes originais de Sidney Sime que foram usadas na primeira edição do livro e que ainda hoje surpreendem e fascinam os leitores. Elas foram inseridas com seus títulos e, entre parênteses, o conto a qual ilustram.

A Orla do Mundo (Prefácio)

Zretzoola (*A Noiva do Cavalomen*)

A Tosse Agourenta (*O Angustiante Conto de Thangobrind, o Joalheiro*)

A Casa da Esfinge (conto homônimo)

"Quisera eu soubesse mais sobre os modos das rainhas" (*O Saque de Bombasharna*)

Ele sentia-se um naco de carne (*A Demanda das Lágrimas da Rainha*)

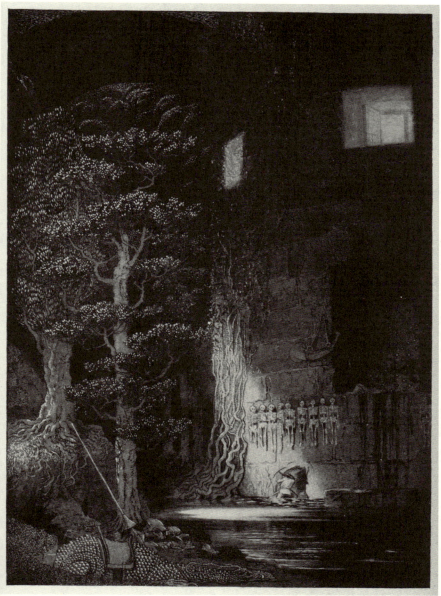

Lá os Gibbelins viviam e se alimentavam ignominiosamente. (*O Tesouro dos Gibbelins*)

A Casa Elevada e Estreita dos Gnoles (*Como Nuth Teria Praticado sua Arte contra os Gnoles*)

A Cidade do Nunca (*Como Alguém Chegou, Como Fora Previsto, à Cidade do Nunca*)

A Coroação do Sr. Thomas Shap (conto homônimo)

Este livro foi composto com a
fonte Baskerville para a HarperCollins Brasil
em janeiro de 2024. Fazia tanto calor que
parecia que o dragão do Sr. Alderic havia
soprado chamas sobre a cidade.